仕事もしたい 赤ちゃんもほしい

新聞記者の出産と育児の日記

井上志津

草思社

挿画／和田誠

仕事もしたい　赤ちゃんもほしい　目次

プロローグ

赤ちゃんができた。三十四歳だし、子どもは欲しかったから、うれしかった。けれど、「ツイてないなあ」という思いもよぎった。仕事のことが引っかかったからだ。

新聞社に入って十年、学芸部に配属されて四年目。翌月から念願の映画担当になることが決まっていた。育児休業を取れば、せっかくたどり着いたポジションを手放さなくてはならない。母に妊娠の報告をした時も、母の最初の言葉は「せっかくなれたのに、いいの？」というものだった。

二十代で結婚して会社を辞め、私を産み、四十代になってからシナリオの世界に入った母は、六十一歳になった今もシナリオライターとして働いているが、「三十代をもったいなく過ごしてしまった」といつも言っていた。それゆえの言葉だったとは思うが、こちらとしては「そんなこと言われても……」と泣きたくなった。

しばらくおなかが痛い日が続いた。医師に告げると、「それはよくありません」と言う。

いろいろ考えて流産でもしたら赤ちゃんに申し訳ないので、とにかく産むことだけを考えるように努めた。

でも、問題が片づいたわけではなかった。会社にはいつ言えばいいのだろう？　育児休業を取るとなれば、人事の問題も絡んでくるわけだから、早めに報告した方がいいのだろうか？　同じ会社に勤める夫は「人事が動き出すのはまだ先だろうから、安定期（五カ月）に入ってからでいいんじゃないか」と言う。私も安定期に入るまでは言いたくない。何だか恥ずかしくもある。だけど、やっぱり早めに報告した方がいいのだろうか？　いや、やっぱりまだ言いたくない。そうこうしているうちに、おなかの痛みはなくなっていた。

毎日新聞のＨＰで妊娠から職場復帰までの日記を連載することになった。自分にとっては何もかもが初めてのことだらけ。一体どんな内容になるのやら。

第1章　赤ちゃんが動いた

妊娠を部長に報告する

【01年11月21日（水）】（出産予定日02年4月17日を㊉1日としてそれまでの日数を表示　㊀147日）

東京・有楽町で開催中の映画祭に取材に行き、フィンランド映画を観る。前日、試写を観ていた時におなかの中で赤ちゃんが初めて動いたので、もしかしたら今日も動くのではないかと、つい期待してしまう。

初めて動いたのは「ゴジラ　モスラ　キングギドラ」を観ていた時だった。というよりも、正直に言えば、映画を観ているうちに居眠りをしてしまった時だった。ゴジラとモスラとキングギドラが闘うクライマックスで寝てしまったのだ。目が覚めると、対決シーンは終わり、怪獣たちの雄たけびも静まっていた。その時、おなかの中で何かがポコッと動いた。初めは何だか分からなかったが、再びポコポコッと動いて、やっと気づいた。

よくドラマで「あ、動いた」と女性が手をおなかにあてて感動するシーンがあるが、奇妙な感覚の方が強かった。「エイリアン」でジョン・ハートのおなかからエイリアンが！……のシーンが浮かんでしまった。

対決シーンで動いたから、怪獣が好きな子かもしれない。いや、それよりもむしろ、仕事中に寝てしまった母親を起こそうとしてくれたのか……。フィンランド映画ではじっとしていた。産後の妻を亡くした男の物語だったので、悲しくなったのかもしれない。

おそらく、そのどれも当たっておらず、ただ、意味もなく足を伸ばしただけなのだろうが、おなかを内側から蹴られるという経験は、この中にもう一つの生き物が確かにいるということを文字通り体感させてくれる。思わず、よしよしと撫でてあげたくなる。

【11月22日（木）】

夜勤中、デスクの一人が「もう安定期に入ったの？」と聞いてきた。妊娠のことについて部内の男性から声をかけられたのはこれが初めてだった。部長に妊娠を報告して以来、どこか居心地の悪さを感じていただけに、何となくほっとする。あまり細かく聞かれるのも困るが、何も聞かれないのも心細いものだ。

【11月28日（水）】

十二月の部内の出番表が出た。早出と夜勤の当番が書いてある表だ。新聞記者の仕事は、記事の見出しや扱いを決める内勤記者は別として、多くは決まった勤務時間があってないようなものだ。朝、直接、取材先に行き、何カ所か回って、そのまま帰宅することもある。ただし、それでは突発的な事件に対応できない恐れもあるので、交替で会社にいる当番を決めている。学芸部の早出は夕刊帯の午前九時〜午後一時半頃まで、夜勤は朝刊帯の午後五時〜午前一時頃までだ。

出番表を付けるのはデスクの仕事である。月末、「〇日は都合が悪いので外して下さい」と希望を出しておけば考慮してくれるようになっている。その段になって今回は迷った。十一月の私の出番は早出四回、夜勤四回の計八回。夜勤はまだしも、早出はラッシュアワーにぶつかってつらい。だから回数を減らすか、電車の空いている土曜日に変えてくれるよう頼もうかと考えたのだ。

夫に相談すると、「頑張ってやったら？　この先、迷惑をかける場面も増えてくるんだし」と言う。七つ年上の彼は、同じ新聞社に勤めているだけに、実情もよく分かっている。「おまえの回数が減れば、その分、他の部員の負担が増えるんだから」

まだ妊娠六カ月だし、今回は我慢することにした。実は、私があえて言わなくても、もう部長には妊娠を報告してあるのだから、配慮してもらえるかもしれないという期待もあった。

だが、フタを開けてみると、私の十二月の出番は早出四回、夜勤五回。逆に増えていた。部長に報告したのは、妊娠四カ月目に入った時だった。いつ言うかで悩み、体験者に聞いてみると、時期はまちまちだった。電機メーカー勤務の友人は「できるだけ安静に」と言われたため、二カ月で報告して「妊娠障害休暇」を取った。一方、その知人は折り合いが悪かった上司が異動する産休月まで黙っていたそうだ。

そのどちらにも当てはまらない私にとっては、三カ月は早すぎるし、五カ月では遅すぎる感じがした。それで、間を取った。その日は緊張した。「ちょっとお話があるのですが」と切り出し、「まだ、流産の危険があるのですが、早くお話しした方がいいと思いまして。実は子どもができました」と報告した。そして、「育休を一年間いただこうと考えています」と続けた。私が「イクキュウ」と略してしまったために、部長が「育児休業」のことだと理解するのに二秒ほど要したように見えた。無理もない。部長にとってはもちろん、学芸部史上でも初の事例なのだから。

言わずもがなとは思ったが、「法律では原職復帰が原則ですので、ご迷惑をおかけしますが、よろしくお願いします」と付け加えた。緊張しながら改まって頭を下げる私に、部長も緊張がうつったように答えた。「新体制を作りますから、心配しないで下さい」

もちろん、親切心で言ってくれたのだとは思う。だが、「新体制」になったら、私の復帰する場所はないんじゃないの……。でも、何も言えなかった。緊張のあまり、その余力がなかったからだ。

「部員にはしばらく伏せておきますから」と話していた部長から呼び止められたのは、それから二週間ほどたってからだった。「順調ですか？」「はい」「じゃあ、そろそろデスク陣に伝えてもいいかな」「お願いします」

私が十二月の出番表に期待していたのは、この時の部長とのやりとりがあったからである。だけど、妊娠したからといって、自動的に早出や夜勤が減るわけではなかったのだ。つらい時にはつらいと言わなければ、何も変わらないのだ。来月は遠慮せずにお願いしようと決意した。


【12月2日（日）】


皇太子妃雅子さまが無事、女のお子さんを出産された。ご結婚から八年で最初の赤ちゃん。ご夫妻の喜びはひとしおだと思う。とりわけ、雅子さまには他人には言えない大きなプレッシャーがあったと推察されるだけに、本当に良かったと思う。

ただし、その後のニュースを見ていると、首を傾げてしまうことも多い。その一つが「働く女性たちの大きな励みになる」という論調だ。この論調が成り立つには雅子さまが一般の女性たちと同じように働いているということが前提になるはずだ。雅子さまが外務省を退職し、皇室に入った後も皇太子妃として大切な仕事をされているのは疑うべくもないが、かといって「働く女性たち」の代表みたいにとらえるのはいかがなものか。

「働く女性」とは、言うなれば、「子どもができても仕事を続けられるだろうか」とか、「仕事と検診をどうやってやりくりしようか」とか、「保育園の送り迎えはどうしよう」といったことに頭を悩ませる女性のことだと思う。その観点からすれば、雅子さまを「働く女性」と一緒にとらえるのは無理がある。私自身、ご出産の報に接して、「良かった」とは思ったが、励みになったわけではない。

安易に自分たちと結びつけたり、無理な意味付けをするのは止めたいと思う。

【12月5日（水）】

社外の人との忘年会。出席者はノンフィクション作家の後藤正治さん、鎌田慧さん、歌人の道浦母都子さんや編集者たち。初めてお会いした大学助教授が良いアドバイスを下さる。

彼女は今、ひとりで中学生の息子さんを育てているが、保育園時代に一番困ったのが「熱を出したので引き取りに来て下さい」という保育園から職場への電話だったという。「そういう時には、上司の性格にもよるけれど、『子どもが熱を出して』と言うより、『自分が調子が悪い』と言う方がいいですよ」と教えてくれる。「子どもが」と言うと、嫌みを言われる場合があるが、「自分が」ということであれば、誰にでもあること。嫌みは言えないというわけだ。説得力がある。「その時」が来たら使おう。

早くも母親学級をサボる

【12月8日（土）】（㊀－30日）

月に一度の健康診断に行く。一番緊張するのは体重測定だ。私は妊娠前までは四三キロほどの「ガリガリ」だったのが、妊娠してから急激に増えている。前回の測定では四七キロ。看護師さんに「太りすぎると難産になりますよ」と叱られた。その後も特に気をつけていなかったこともあり、おそるおそる体重計に乗る。五〇・一キロ。幸いなことに、この日の看護師さんはこの増加に目をとめなかった。

診察室では超音波で赤ちゃんを見る。映りが良くないせいか、あまり可愛くない。「今、三五〇グラム。まだ小さいから次回いろいろ調べましょう」と医師が言う。「小さい」とか「調べる」の言葉にいちいち不安になるが、「何か異常があったら言ってくれるだろう」と思い、黙っている。土曜日の病院はひどく混み、会計が済むまでに三時間余かかった。

【12月11日（火）】

映画関係者の忘年会に参加する。母も出席することになっており、前夜、自宅にＦＡＸが送られてきた。「出席するなら、きれいにしていらっしゃい」。一気に気が重くなった。母はおしゃれな人だ。昔、出版社で女性誌の編集をしていた時は、スタイリストの役もこなしていたという。

私は大きくなっても服を買う時はいつも母に同行してもらった。それは楽しい時間でもあった。社会人になり、自分だけで服を買う機会が増えると、後で母の審判を受けることが苦痛になってきた。「いいわね」と言われれば、自分のセンスもまんざらでもないのだと安堵し、「あまり良くない」との判決が下れば、気に入った服も嫌いになった。

「きれいにしていらっしゃい」と言った母に悪気がないのは分かっていた。でも、つい数日前、上司の一人から「太ったなあ。おばさんぽくなってきた」と言われ、気になっていたこともあり、こたえた。母が数日前、「おなかが隠れるように長いセーターを着たら？」と言ったことも思い出した。いっそのこと忘年会に出席するのは止めようかと考える。だが、こんなことで欠席するのもばからしい。結局、持っている中で一番長いセーターを着て出かけた。

出席してしまえば、何てことはなかった。母は何も言わなかったし、旧知の人たちは喜び、いたわってくれた。帰り道、妊婦の体形への嫌悪感があるのは実は自分自身ではないかと感じた。検診に行くたびに圧倒されそうになる「幸せムード」。それに対しても違和感が拭えない。妊娠イコール絶対的な幸福、と押しつけられる気がする。もっともっとおなかが大きくなれば、そんな感覚もなくなるのだろうか。

【12月13日（木）】

今日は初めての「母親学級」のはずだった。平日だが、出席するつもりだった。が、行かなかった。ジュリー・アンドリュースに急きょ、インタビューできることになったからだ。

小学一年の時に「メリー・ポピンズ」を観て以来、私はジュリーのファンになった。小学校の時に日本武道館で開かれたコンサートにも駆けつけた。祖母が作った手毬をステージの下から手渡し、握手してもらった。名前と住所を英語で書いておいたら、二年後、サイン入りブロマイドが送られてきた。今も宝物の一つになっている。その憧れの人に取材するチャンスを逃すわけにはいかない。

ジュリーは以前と同じ、美しいたたずまいの女性だった。私は子どもの頃の話をし、「素晴らしい思い出をありがとうございます」とお礼を述べた。ジュリーは「日本に行くたび、たくさんプレゼントをもらってありがたかった。今もみんな取ってありますよ。今までお礼を伝えられなかったけれど、今日、初めてそのひとつにお礼を言えました」と答えてくれた。

生まれてくる子には、初めての母親学級をサボった話をジュリーの話とともに、聞かせてやろうと思っている。

【12月15日（土）】

近くのスーパーマーケットで黒いパンツを大量に買う。前にデパートのマタニティコーナーを訪ねてみたのだが、私にはマタニティワンピースが驚くほど似合わなかった。スカートをはき慣れていないせいもあるのだが、たちまちたるみムードが漂うのである。これを会社に着ていったら完全に浮いてしまうに違いない。悩んでいると、他の部署の先輩ママ記者が「スーパーでおばさんパンツを買うといい」と教えてくれた。ストレッチ素材でウェストは七七センチぐらいまで伸びるパンツだ。これをはいて、厚手の長いセーターを着れば、これまでの私の格好とそんなに違和感はないだろう、と考えた。

ブラジャーも買った。ガリガリだった私には今までは全く縁のなかったBカップだ。恥ずかしい話だが、妊娠したての頃、うれしかったのは胸が大きくなったことだった。思わず写真に撮っておこうか、という考えが浮かんだほどだった。けれど、現像に出すのは犯罪になるかもしれないと思い、断念した。

そう言えば、私が赤ん坊だった時のアルバムには、母に抱かれておっぱいを飲む私の写真がやけに多く張られていた。「ママのボインからミルクが飲めてシアワセ！」などという勝手な写真説明もついていた。今思うと、同じく胸のなかった母もこの時期、うれしかったのだろう。自分で言うのも何だが、実にみじめな母娘である。

【12月17日(月)】

図書館から借りてきたお産の本を読む。読みながら恐怖で顔がひきつる。

さほど考えたこともなかったが、これまで陣痛というのは赤ちゃんが生まれる瞬間の痛みのことなんだと思っていた。でも、本当はその痛みは赤ん坊を子宮から出すために、子宮が収縮する時のものだということを知った。これまで、「お産に十八時間かかった」などという話を聞くと、十八時間もずっと痛いなんて……と恐ろしく思っていたのだが、次に収縮するまでに間隔があくから、十八時間ずっと痛いわけではないということが分かった。そこの部分だけ、ほんの少し安心したが、まだまだ知らないことばかりだと実感する。予定日まであと四カ月。勉強せねば。

会陰切開の予告に恐怖する

【12月20日(木)】(㊀一一8日)

病院主催の母親学級に参加した。前日は夜勤で寝たのが午前三時だったため、居眠りしないか心配したが、情報が満載で杞憂に終わった。

出席者は四月頃に出産を迎える二十四人。まず四つのグループに分かれてフリートークが行われた。私のグループは二十代四人、三十代一人（私）、四十代一人の構成。全員初産である。現在、働いているのは私を含め四人。うち二人は「当然、お辞め下さいという雰囲気」や「職場がタバコの煙で真っ白で、とてもいられる状況ではない」などの理由で、一月までに退職するという。「通勤ラッシュのつらさ」も口をそろえた。「初心者マークのように『妊婦マーク』があって、電車の座席を譲ってもらえたらいいのに」と話す人もいた。すでに切迫流産の疑いで四回入院した人もいた。

医師の説明によると、この病院では出産の時、助産婦が妊婦に原則的に付くという。無痛分娩は基本的に行わないとか、陣痛誘発剤はむやみやたらには使わないといったことも説明された。

質問が集中したのは「会陰切開」に関する時だった。医師は「ウチはなるべく切らない方だが、下手に切れてしまうよりは先に切った方がいいので切ります」と言う。お産の想像がつかない未経験者にとっては、大きな恐怖である。

「避けるにはどうしたらいいんでしょうか？」「よくマッサージをしておいたら？」などの質問が相次ぐ。それに対し、医師の答えは「避けられません。助産婦さんは上手ですから、助産婦さんが切った方がいいと言ったら逆らわない方がいいです」。

恐ろしさが解消されたわけではないが、いろいろな情報を得られ、参加してよかったと思った。私以外の五人は、本人の希望で、医師から生まれてくる子の性別をもう教えてもらっているということも知った。腹帯やガードルも皆、ちゃんと身に付けているという。何もしていないのは私だけのようだということも分かり、少々取り残された気分になった。

【12月26日（水）】

午前一時、夜勤が終わって携帯の留守電をチェックすると、母のメッセージが入っていた。父がパーキンソン病の疑いがあると病院で言われ、年が明けたら精密検査をするという。思えば、父は今年、ひどく疲れがちで、つらそうだった。私の妊娠を告げた時に、「孫の顔を見てから死のうと思っていたから、これで早く死ねる」と冗談めかして言った顔が浮かんだ。父はその時点で自分の体調の変化を気にかけていたのかもしれないと思うと、やりきれなく、眠れなかった。

【12月29日（土）】

風邪をひいた。数日前、取材先から社に戻ろうと、中央線のホームに立っていた時、冷たい風がピューッと吹いて、首筋がヒンヤリした。「大抵、こういう瞬間に風邪をひくんだよな」と思ったら、やっぱりひいた。

でも、昨日は早出、今日は夜勤。母親学級で、医師は「町で売っている薬は基本的に安全」と言っていたが、何となく飲む気になれない。咳と大量の鼻水を出しながらの勤務が、今年の仕事納めとなった。

【12月30日（日）】

新年を迎えるにあたり、問題が持ち上がった。お雑煮の作り方が分からなかったのだ。三月に結婚したわれわれにとっては、初めてのお正月。母に電話すると、材料や作り方を書いて、ＦＡＸしてくれた。

【02年1月1日（火）】

母のレシピを見ながら、夫が雑煮を作った。「乾しシイタケ二、三枚をもどす」と書いてあったのだが、時すでに遅し、彼はそれを読む前に買ってきたシイタケ三十枚ほどすべてを、一挙にもどしてしまっていた。おかげで、大層コクのあるだしが出来上がった。

私は風邪とおなかが大きいことを理由に、本を読みながらゴロゴロして過ごした。

【1月5日（土）】

健康診断に行く。年明けの土曜日だからか、産婦人科の待合室はいつになく混んでいた。診察室で横たわり、エコーで赤ちゃんを見た。「八〇〇グラム。普通の大きさです」と担当医師。「ガイコツみたいで怖いけど、これが顔です」と顔を映し出した。目と鼻と口があるのが分かる。何だか怖い。

先日の母親学級で、ほとんどの人がすでに医師に性別を尋ね、教えてもらっていることを思い出し、自分も聞こうか、一瞬迷う。その時、小さな丸い玉のようなものが二つ、見えた（ような気がした）。男？　聞くべきかどうか、迷っていると、先生は何事もなかったように映像を閉じてしまった。何だったのだろうか……？　残像だけが、脳裏に焼きついた。

【1月8日（火）】

一月後半の出番希望締め切りが迫ったので、部長に相談することにした。前日、セリフを練習する。

「もう七カ月目に入り、ラッシュがきついので、平日の早出を土曜に変えてもらえないでしょうか」

夜勤については、別の部にいる体験者の先輩から「頑張って夜勤をこなしたって、誰もほめてくれるわけでもない。自分の体がきつくなるだけだから、回数を減らすのではなく、なくしてもらいなさい」とアドバイスを受けていた。が、夫は「他の人の負担が重くなるから、『夜勤ならできる』と言った方がいいんじゃないか」と言う。

現在、学芸部ではデスクを除けば若手の十人足らずで出番を回している。それだけに、私が抜ければ迷惑をかけることは避けられない。結局、夫の言う通り、「夜勤はできます」と言うことにする。

翌日、部長に相談すると、部長は「そうです。夜勤はやってもらわないと困ります」。そうか、やっぱりなあ……と思う。
別の先輩は私の報告を聞き、「代替要員のことも聞いた？　聞かなきゃ」と言ったが、そんなセリフはとても頭に浮かばなかった。練習不足である。

【1月11日（金）】

一月後半の出番表が張り出された。すると、私の出番は早出も夜勤も一つもついていなかった。どうなっているんだろう？　担当のデスクに聞いてみた。「これまでも病気の人は免除してきたし、お互いさまだから」との返事だった。
「でも、部長は『夜勤はやってもらわないと困ります』と言っていましたけど……」と、口から出かかったが、思いとどまった。せっかくの話がまた元に戻ってしまってもいけないし……。

もう好き勝手はできない

【1月12日（土）】（㊀95日）

知人宅で開かれた新年会へ夕方から出かける。松岡錠司監督、笠松則通カメラマン、シナリオライターの荒井晴彦さんらの集まり。この面々だと、十中八九、その日のうちの解散はない。昨年もお開きになったのは翌朝六時だった。

今年も終電の時間はあっという間にすぎた。すると、午前一時すぎ、留守番をしていた夫から携帯に連絡が入った。「いつ帰るんだ?」と怒っている。「お開きになったら」と答えると、「体のことを考えろ! きついからって夜勤を外してもらったのは自分だろうが」と怒鳴っている。確かに、夕方からずっと同じ姿勢で座っているので、おなかも痛い。タバコの煙もモーモーで、天井のあたりは白くかすんでいる。

仕方なく、席を立った。帰り道、「子どもが生まれるってこういうことなんだ」と思った。ひとりだったら、何でも自由にできたのに。子どもがいたら、もう好き勝手はできない。三十代半ばにもなって何を甘えたことを、と思う人もいるだろうが、正直言って、つまらないと感じた。

【1月16日(水)】

七カ月に入り、はた目にも分かるほどおなかが出てきた。フランスのニルス・タヴェルニエ監督とのインタビューの際にも子どもの話が出る。

彼の新作「エトワール」はパリ・オペラ座のバレエダンサーたちを撮ったドキュメンタリー。あるダンサーが「私、妊娠しているの」と目を輝かせて打ち明けるシーンがある。十五年ほど前には考えられなかったことだそうだが、今は三十代に入ってから子どもを持ち、育児とステージを両立させるダンサーも増えているとのことだった。

「共感しました」と感想を述べた私に、監督は「生まれてくる子の性別はもう分かっているの？」と尋ねてくる。「医師に聞けば教えてもらえるそうですが、聞いていないんです」と答えると、監督は「それは良い選択だと思うよ。僕も聞かなかった。あれこれ考えてしまうからね」。

これだけおなかが大きくなってくると、「生まれるのは男の子？　女の子？」という質問を実に多く受ける。でも、私は出産当日に分かるのもいいかなと思っている。昨年、出産した友人の中には事前に医師から女の子だと言われていたのに、実際は男の子だったというケースがあった。そんな誤診に惑わされるのもいやだから。

【１月18日（金）】

京橋で試写を観る。次の試写会場までは徒歩で一四〇〇メートルぐらい。時間は二十分ほどあったので、歩くことにした。運動不足だから、体にもいいだろうと思った。

しかし、人出の多い夕方の銀座を歩くうち、おなかが重みで揺れて痛くなる。次第に足取りも重くなり、おなかを抱えるようにしてようやくたどり着いた。

人の目にも分かるほど膨らんできているのに、妊娠前とあまり変わらない下着のパンツをはいているのがいけないのだろうと思った。会社の先輩からマタニティパンツのお古をもらっていたので、これからはそれをはくようにしよう。一つじゃ何だから、もう一つ買おう。

おなかを保護する「サポート下着」も売っているみたいだから、それも買おう。

そんなことを考えながら会社に戻ると、デスクの一人が「いつまで休みを取るの？」と声をかけてきた。「一年間だから来年四月までです」と答えると、「長いなぁ。それじゃ、復帰した時は学芸部はなくなっているな」と言う。もちろん、冗談だとは思うが、こんな時代だけにありえない話ではない。「育児休業は原職復帰が原則だっていうけど、原職自体がなくなってるよ、ハハハ」

「じゃあ、デスクは？」と聞くと、「俺は会社の金を着服してクビになっているかも」。普段から口の悪いデスクだが、育休取得にあたって一番気に病んでいることをネタにされると、さすがに動揺してしまう。いつもの軽口なのだろうけど。

ついウソの体重申告

【1月21日（月）】（㊀86日）
二回目の母親学級に行く。この日は主に妊娠中毒症にかからないための注意があった。無理をしない、きつい時は横になる、検診をきちんと受ける……などである。栄養士さんからは「この中で働いている人は？」との質問。手を挙げたのは二十人中、私を含め三人だった。
「お昼はどんなものを食べていますか？」

ほかの人は「お弁当です」との答え。私は「丼モノとかです」と答えた。本当は定食がほとんどなのだが、そう言った方が栄養士さんが喜ぶ気がしてついサービスしてしまった。彼女はすかさず「丼モノよりは定食を、麺類の場合は、ざるそばより煮込みうどんとか具だくさんのものにしましょう。汁は残すようにしましょう」とアドバイスしてくれる。

ほかに、朝はトーストやヨーグルトだけでも何か胃に入れるようにする、醤油や塩は直接かけずに小皿に受けて使い過ぎを防ぐ……など。聞いてみると、妊娠期間に限らず、日常生活でも気をつけなければいけない内容だった。私は妊娠してからは食事に気を遣うようにしていたので、特に改善すべきことはなかった。むしろ、暴飲暴食、甘いモノも激辛モノも平気で貪り食う夫に聞かせてやりたいと思った。帰宅後、さっそく、夫に話すと、「俺には関係ない」という顔で黙りこくっていた。

【1月26日（土）】

検診に行く。私の通っている総合病院の産婦人科では、妊婦は受け付けを済ませた後、自分で検尿と体重測定をしておくことになっている。トイレの隅に尿測定器が置いてあって、スイッチをオンにしたら、速やかに幅五ミリ、長さ十センチほどの検査紙を尿に二秒間浸し、セットする。三十秒ほど待っていると、検査結果の紙が出てくるので、それをちぎって診察室で渡す、という仕組みだ。

この測定器の前で、私はたいてい、尿入りカップを握り締めたまま立ち往生する。検査紙を逆さに置いてエラーマークが出たり、まごまごしている間に機械が動き出したりしてしまうのだ。カップから尿をこぼしてはいけないと思うので、余計、あせる。さらに、いったん失敗すると、再び尿意をもよおすまで待たなければいけないから、プレッシャーがかかる。

だが、八カ月目にもなったので、この日はスムーズに終えることができた。余裕があると他の人にも伝わるのか、操作方法を尋ねられ、教えてあげたほどだった。

次に体重を測る。五三・二キロ。これで妊娠前より一〇キロオーバーとなった。体重増加の許容範囲は八〜一二キロまで、それ以上増えると難産になりやすいといわれている。

私の場合はもともとやせていたので、看護師さんが「一二キロまで太れる」という印を母子手帳につけてくれたが、赤ちゃんの体重がこれから二キロぐらい増えるわけだから、私自身はもう太れないということだ。油断はできない。

病院が体重に目を光らせているにもかかわらず、会社の先輩の中には「二〇キロ増えた」という人がいた。「えっ、怒られませんでしたか?」と聞くと、社長秘書を務めたこともあるその先輩は、「だから嘘の体重を申告していたの」とすまして言った。「それで難産じゃなかったですか?」とさらに聞くと、「難産だった!」。

そう言えば、別の同僚も以前、「嘘の体重を申告していた」と話していた。私の周囲百メ

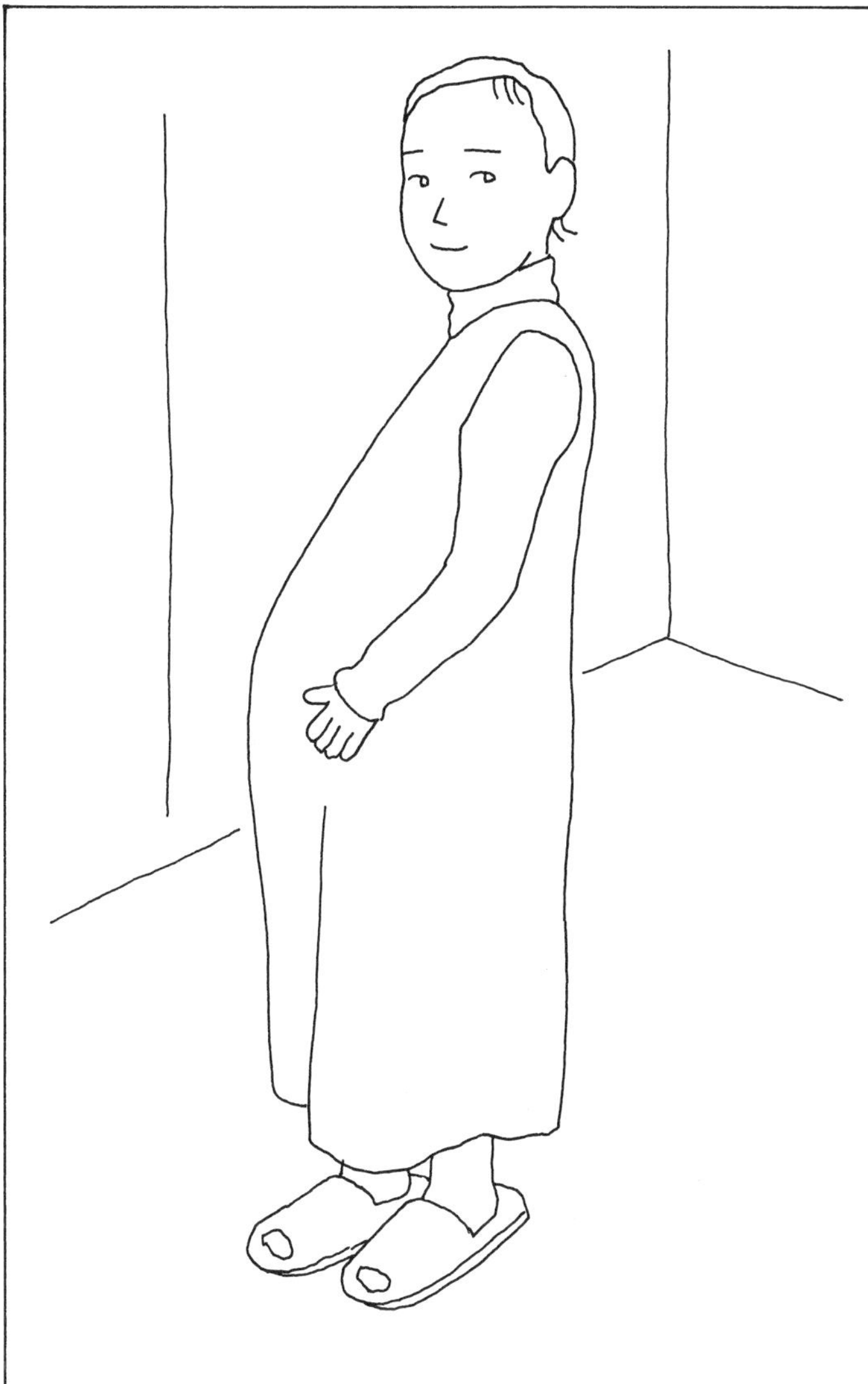

ートルほどだけで二人も嘘をついているということは、全国で相当の数の妊婦が嘘を申告しているのかもしれない。

診察室に入ると、担当医が超音波で画像を見ながら、「一二〇〇グラム。順調です」と言った。赤ちゃんの顔が映った。目をつぶっていて、とても可愛らしく見えた。もっとも、目を開けて、こっちを見ていたら怖いだろうな、と思っていると、担当医が「男か女か知りたいですか？」と聞いてきた。とっさのことに答えに詰まる。「もし知りたかったら、次回、言って下さいね」と言われる。

この日の診察料は五五〇〇円。毎回同じ値段だが、保険外なのがこたえる。病院によって値段は異なるが、大体はこの程度のようだ。十カ月に入れば毎週、検診を受けなければいけないし、分娩費用（六日間入院の基本料金）も個室だと約五七万円、六人部屋でも約四六万円もかかるという。少子化、少子化と騒がれるが、まず、出産にお金がかかり過ぎる状況を何とかしてもらえないかと思う。

【1月27日（日）】

次回の検診時に子どもの性別を教えてもらうかどうか、夫に相談する。「ここまできたんだから、聞かなくていいんじゃないの。どうしても聞きたかったら聞いてもいいけど」と曖昧な返事。やはり、当日、「ご対面」の方が腹が据わっていいかな、と考えた。

【2月1日（金）】

精神科医でエッセイストの斎藤茂太氏の自宅へ伺う。日曜版に連載している「あの日の日記」の取材のためだ。この一年、週に一度の割合でおじゃましていた。戦後から現在までの日記をひもときながら、感想を述べてもらう連載である。茂太先生の話を聞き書きという形で私がまとめている。

予定通り今年三月で連載は終了する。終盤に向かい、私のおなかもだんだん大きくなった。茂太先生はおなかを眺め、「入院して出産なさるの？」と聞く。「はい」と答えると、茂太先生は「終戦の翌年に長男が生まれた時は布団持参じゃなきゃ入院できなかったんですよ。僕がリヤカーで運んだんですよ」と懐かしんだ。

「よく動く？」と聞かれたので、「この頃はドッタンバッタンと動いています」と答えると、「それじゃ男の子かな」と笑った。「今は性別を知りたい人は出産前に教えてもらえるんですよ」と言うと、目を丸くして驚かれる。お宅に通った日々と、赤ちゃんがおなかで育った時期が重なったことを考えると、何だか感慨深い。

【2月6日（水）】

社内でデスクの一人と急激に大きくなったおなかの話をしていると、通りかかったベテラン記者が立ち止まった。私のおなかをまじまじと見つめる。「へえー、全然知らなかった。

だって普段はおなかを見たりしないもん。それはおめでとうございます」。もしかしたら、単なる中年太りと思われていたのかもしれない。

こんなにおなかがふくらんできたのに、私は今も、自分が妊娠している事実を忘れている時がある。次の瞬間、体の重さを感じ、気づかざるをえないのだが、その時、頭をかすめるのは何ともいえない憂鬱感だ。子どもが生まれてくるのは楽しみなのは確かだが、半面、「もう私は子どもから逃れられないんだ」とも思ってしまう。こんなことを言うと、怒る人もいると思うが、どうしても、「あーあ」という感じが抜けないのだ。

理由は分かっている。自分に自信がないからだ。自分のことさえうまくできないのに、子どもなど育てられるのだろうか、という不安。生まれてしまえば何とかなる（する）のかもしれないが……。

【2月14日（木）】

会社の人事部に「産前産後休暇届」を出す。予定日が四月十七日なので、三月十八日から休むことにする。会社規定の産前産後休暇は百二十六日間。これが過ぎると、子どもが一歳になるまで「育児休業期間」となる。

「産前産後休暇は有給ですが、育休中は無給です」。大方の企業もそうだろうし、会社の決まりだから仕方ないとは思うが、担当者から念を押されると、改めて現実の厳しさを感じる。

「ノーワーク・ノーペイ」というのが会社の姿勢だが、「それはそうだろうなあ」と思いつつも、納得しがたい部分もある。

雇用保険から三〇％が保障されるとはいえ、病気による休みなら給料が出るのに、なぜ育児休業では出ないのか。出産する女性がみんな十分な収入のあるパートナーがいるわけでもないだろうし、一人で産み育てる人もいる。子どもを産むのは別に社会のためではないが、結果的に子どもは社会を担っていくことになる。だからこそ、国も少子化対策に力を入れようとしているのではないか。ならば、出産・育児に伴う負担をもっと軽減する必要があると思う。

自分のお金の話はあまりしたくないが、ウチの場合もかなり苦しい。再婚の夫は養育費の支払いが毎月ある。前妻の生活費も援助している。私が無給になれば、なけなしの貯金を切り崩すしかない状況なのだ。もちろん、自分が選んだ道なので甘受するしかないのだけれど。

わが社の労働組合の女性部はここ数年、有給化を要求しているが、育児休業法は賃金の決まりがないため、進展はみられない。やはり、法律が変わらない限り、無理なのだろうか。

さらに疑問なのは「私が本来受け取るはずだった賃金はどこに行くのか？」という点である。普通の企業であれば、一人減ったら派遣社員（代替要員）などを雇ってやりくりするはずだ。その代替要員分の給料に充てるのなら、こちらとしても納得できる。が、わが社は代替要員を雇うシステムがまだ整っていない。よく聞くのは「専門性が高いので代替がきかない」という理由だ。よって育児休業を取る人が出てくれば、また、増えれば増えるほど、人件費は浮く計算になる。不可解である。

【2月15日（金）】

会社の労働組合の女性部委員をしていた時に部長を務めていた先輩が退職するため送別会に行った。辞めるまでにいろいろあったらしいが、彼女は多くを語らなかった。いつも同僚が辞めると、どうして力になれなかったのだろうと思ってしまうけれど、辞める人はあまり、他人に相談したりしない。いつも手遅れだ。

【2月19日（火）】

三回目の母親学級に行く。これが最終回。破水をしたら、いつどこで何をしていてもタクシーに乗って病院に来るとか、陣痛が十分間隔になったら来るとか、入院する時の目安を教えてもらう。でも、破水も陣痛も経験したことがないから、どんな状況なのか想像するのが難しい。自宅から病院まではバスで十分、タクシーで五分程度と近いので、その意味では心強いのだが。

院内見学もあった。分娩室や誕生したばかりの赤ちゃんを見る。ビデオで出産の様子も見た。看護師さんによると、その女性の出産は「ごく普通」ということだったが、彼女のすさまじいまでの苦闘ぶりを見て、こんなに苦しんだら死んでしまうのではないかと怖くなった。他の妊婦たちも全員、凍りついたように画面に見入っていた。

おびえきっている私たちに、看護師さんは「ビデオを見て『いやだな』と思った人もいるかもしれませんが、いやもいいもありません。いやなところはどうやって解決すればいいか、自分で考えるしかないのです」と言った。

【2月21日（木）】

産休後のことについて、映画担当デスクが話しかけてきた。映画の多くはおおむね公開の三カ月ほど前にマスコミ向けの試写がある。これまでに観た作品に関する記事は、休暇に入る前にすべて出していくことや、そのリストを作っておくことを確認し合った。

うれしかったのは、「休みの間も試写を観る機会があったら記事を家から送ってくれると助かる」と言われたことだった。デスクは「僕には子どもがいないから分からないけど」と前置きし、「子どもが生まれても、ちょっと出かけて試写を観に行ったりってできるのかな？」と遠慮がちに聞いた。私は「できれば、そうしたいと思っています」と答えた。

私は夜遅くまで会社にいるのが好きな「仕事人間」ではないのだが、何だか元気づけられた。「必要とされた」気がしたからだと思う。

夫に突如転勤命令

【2月25日（月）】（一51日）

困った事態が起きた。夫が四月一日付で埼玉県春日部市にある支局の支局長として転勤することになったのである。社が借りているマンションがあり、家探しの心配はいらないらしいが、出産予定日の二十日ほど前に引っ越さなければならなくなった。そこから今、通っている東京・新宿区の病院までは電車でも車でも一時間半はかかるから、病院も変えなければならない。院内見学をしたり、陣痛促進剤の使用や会陰切開に関する方針なども聞かせてもらい、その病院には信頼感を持っていたが、それも水の泡になった。

夫にとっては昇進で、遠いとはいえ、千代田区にある本社へは通勤圏内でもある。育休を終えた私も通勤できるよう、会社が配慮してくれた結果だと思う。が、聞いた瞬間は気が遠のいた。早く新たな病院を探さなければならないのだろうが、その気力がわいてこない。

【2月27日（水）】

とにかく新しい病院を探さなければならないと思い、知り合いの医師に電話をした。子どもの頃に診てもらっていた小児科医で、今は、さいたま市の病院に勤務している。家族ぐるみのおつきあいをしていただいていて結婚の際、内輪で開いた食事会にも出席してくれた。

「先生のいる病院で産むことはできないでしょうか？」

引っ越し先からは車で三十分ほどかかるが、また一から病院の情報を集める暇や気力はないので、わらにもすがる思いだった。先生は快く産科の医師の名前を挙げ、「この先生宛てに紹介状を書いてもらいなさい」と言ってくれた。

そこでこれまで通っていた病院に紹介状を書いてもらいに行く。「夫の転勤で三月末に引っ越さなければいけなくなりました。病院も移らなくてはならなくなりました」と言うと、医師は目を大きく見開いて驚いた。看護師さんは「そんなことは考えられない！」といった表情で、「そちらの病院がそんなにギリギリでも受け入れてくれるのか、ちゃんとシステムを調べないと」と怒り出した。そう言われても困る。私だって困っているのだ。「入院の予約を取り消して帰って下さい」とも言われたが、不安なので取り消さないまま帰った。

【2月28日（木）】

初めて電車の中で席を譲ってもらった。六十歳ぐらいの女性からだった。一瞬、悪い気がしてちゅうちょしたが、断るのも失礼と思い、ありがたく座らせてもらう。降りる時に再びお礼を言うと、「お気をつけて」と言われた。ホームを歩きながら、思わず涙がこぼれそうになる。

【3月3日(日)】

夫の転勤に伴う問題は、病院だけにとどまらなかった。住んでいるマンションの借り手を探さなければならないという難問もあった。それがようやく解決した。四月から東京に転勤してくる夫の後輩が借りてくれることになったのである。新婚さんで、夫は奥さんのことも知っている。全く見知らぬ人に貸すのは心配だったのでひとまず安心だ。

とは言うものの、このマンションを明け渡さなければならないのが、かえすがえすも残念でならない。昨夏に買ったばかりの新築なのである。駅から徒歩二分、会社にはドアツードアで三十分。リビングからは新宿の高層ビル群、ベランダからは富士山も見える。三十以上の物件を回って、ようやくめぐり合えたお気に入りのマンションなのだ。私は思い描いていた。育休中、ポカポカと陽が差し込むこの居間で、私と乳飲み子が幸せそうにまどろむ光景を……。

しかし、現実は甘くなかった。「家を買うと転勤になる」という会社のジンクスには勝てなかったということか。先日、夫と一緒に偵察してきたが、引っ越し先のマンションは一階で、窓の前は塀と民家であった。駅からは徒歩二十分。育児休業を終えて、本社に通うとなると、通勤時間は二時間近くはかかりそうだ。保育園の送り迎えをしながら、やっていけるか、不安だ。

私と子どもだけ今のところに残る、という選択肢もあったが、それはいやだった。夫が帰ってこない家で子どもとふたり、日向ぼっこをしてもつまらない。第一、ふたつの家を維持するお金もない。

結局、「幸せは長くは続かない」という言葉を繰り返すほかないのであった。

【3月7日（木）】

十八日から産休と決めているものの、仕事が終わらない。あせっていると、他の部の先輩ママ記者が「私の時は休みに入ると何もすることがなくて、ストレスがたまり、夫に当たり散らしていたから、仕事は少し残しておいて家でやるようにした方がいいよ」とアドバイスしてくれた。休みに入っても外国へ行ってしまうわけではないのだから、それもそうだと思い、少し気が楽になる。

同僚と昼ご飯を食べながら今後の行く末の話をしていると、ひとりが「井上さんは原職復帰できるとは限らないんでしょう？」と言う。「えっ、どうして？」と絶句すると、前の晩に上司のひとりが部員にそう話していたのを聞いたという。途端に心臓がドキドキするのが分かった。その後、試写に行ったのだが、集中して見られないほどだった。

学芸部に配属され、念願の映画担当になるまでに四年かかったのに、なったばかりで妊娠した。そのことを悔やむ自分が、ここまでおなかが大きくなっている状態にもかかわらず、まだいる。だから、いちいち動揺してしまう。どうして、女性だけがこんな悩みを持たなければいけないのだろう。

【3月11日（月）】

出社するのは今週いっぱいの予定だ。エレベーターで先輩記者と会ったので、挨拶しておこうと思い、声をかけた。

「私、今週いっぱいで産休に入ります」

彼はなぜか目をむいて絶句した。変なリアクションだ。私を見たまま何も言ってくれない。仕方ないのでもう一度言い直した。すると、「ああ、びっくりした。産経（新聞）に入りますって聞こえた」。産休と産経。まあ、似ていると言えば、そうだけど……。

自分の席につくと、四月に異動が決まっている部長が「井上さん、原職復帰を心配しているようですけど、大丈夫ですから」と話しかけてきた。

「担当についても元に戻れるでしょうか？」と聞くと、「それも含まれていますから、次の部長にちゃんと引き継いでおきます」と答えてくれた。

まだまだ問題は山積みだが、この言葉で大分、気が楽になった。

【3月12日（火）】

同僚がランチに誘ってくれた。二年前に出産した先輩ママだ。「赤ちゃん用品はそろえた？」と気遣ってくれる。

実を言うと、以前、友人からベビーバスとバスケットをもらったほかは、何も準備していない。「赤ちゃんは初めのうちはバスケットに寝かせておくよ」と言うと、「犬じゃないんだから……。赤ちゃんは結構動くんだよ」とあきれられてしまった。

【3月14日（木）】

一年半にわたって日曜版に連載してもらっていた映画監督・脚本家の新藤兼人さんのエッセー「ひとり歩きの朝」が今月いっぱいで終わるので、事務所に挨拶に行った。連載終了後に出版する計画があるため、日曜版の編集長や出版局の人たちも同行した。

担当者として、最後まで連載を見届けることができたのは幸運だった。自分で連載をお願いしておきながら、途中で「休みます」というのは、やはり気が引けただろうと思うから。

新藤さんは四月二十二日で九十歳。私の子どもの誕生予定日もそのあたり。ちょっと不思議な気がする。新藤さんは「カンケイないですよ」とおっしゃるだろうが……。

【3月15日（金）】

今日が産休前、最後の出勤日になる。

新藤さんのエッセーとは反対に、四月からの連載を頼んでいた作家の光野桃さんには、申し訳ない結果になってしまった。おつれあいの転勤に伴ってバーレーンに移住する光野さんにこちらからお願いし、受けていただいた連載。なのに、スタートを前にこちらは休みに入ってしまうのだから。

大きなおなかを抱え、産休前の仕事が終わらずあせる私と、三月末の引っ越しを控え、慌ただしい日々を過ごす光野さん。二人が顔を合わせられる三月中に何とか軌道に乗せておきたいと、先月から打ち合わせはヒートアップしていた。

が、頼んでいた第一回のレイアウトは、この日になっても出来上がっていなかった。急《せ》かしてやっと出てきたものは、当初の想定よりかなり小さい。作り直しを求める私と、首を縦に振らない担当者との間で押し問答になった。

押し問答は四十分も続いただろうか。険悪な空気に隣の部の人もチラチラとこちらをのぞいている。その間、ずっと立ちっ放し。おなかの子どもは何がうれしいのかドスンドスンと動き回っていた。結局、日曜版の編集長が間に入ってくれ、作り直してもらうことになったが、出来上がるのは月曜日だという。編集長がチェックを引き受けてくれることになった。

そんなこんなで終電までに仕事は終わらず、会社が用意する午前一時発の帰宅用ハイヤーを利用する羽目に。結局、机の片付けまでは手が回らなかったので、週末に再び出社することにした。

第2章 出産

出産間際の引っ越し

【3月18日（月）】（㊀30日）

今日から産休に入った。朝、夫がうらやましそうにつぶやいた。「いいなあ、これから一年間も休めるなんて」。私は思わず両手を挙げて叫んだ。「バンザーイ！」

考えてみると、どこにも通わなくていい生活というのは幼稚園以来、初めてではないだろうか？　もちろん、自分が望んで通ってきたのだけれど、お休みという言葉の響きは心地よいものだ。

まず、自宅近くの歯科医院に行った。奥歯の詰め物が取れてから、隙間に食べカスがはさまってずっと困っていたのだ。詰め直してもらうだけだから、処置は簡単だろうと思った。だが、口の中をのぞきこんで、歯科医は言った。「この歯は折れていますね。抜くしかありません。出産後にまた来て下さい」。先生、私はもうすぐ引っ越してしまうのです、と言おうと思ったが、話が長くなるのでよした。

午後からは試写に行った。終了後、会場で会った友人とお茶を飲む。「会社に戻らずに遊んでいいなんて何て幸せなんだろう」と思った。おなかがこんなに大きくなく、引っ越しもなかったらもっといいのに……と、この期に及んでもかなわぬことを考えた。

【3月20日（水）】

学芸部の歓送迎会に出席した。定年を迎える先輩記者が挨拶の中で私のことにも言及してくれた。「わが学芸部では明治以来、初めて女性部員が新しい命を生み出します」。恥ずかしくもあり、うれしくもあった。

出社したのは二日ぶりだったが、自分の席に座って驚いた。椅子がガタガタするのだ。この二日の間に何者かが取り替えたのだろう……。

【3月22日（金）】

転院先の病院に行き、検診を受けた。超音波検査の画像を見ながら担当医が言った。

「二九〇〇グラムです。頭が大きい子ですね。胴回りも結構あります。井上さんは何グラムで生まれましたか？」

「二八〇〇グラムです」

「ご主人は何グラムで生まれました？　今、身長何センチですか？」

「生まれた時は知りませんが、今は一七七センチです」

担当医は納得したようにうなずいた。私は納得できなかった。私は小さかったのに、夫の大きな図体を受けついだ大きな子を産まなければいけないのか？

問診で看護師さんに二十八日に引っ越すことを告げると、看護師さんは驚きの表情を浮かべ、「困りましたね。その頃には生まれるかもしれないのに」と言う。二十七日から三十七週に入り、いつ生まれてもおかしくない「正期産」になるのだ。「絶対に荷物を持ったり、疲れたりしないようにして下さい。引っ越し前に陣痛が始まったら、前の病院へ行って下さい」と念を押される。心細くなる。

この日の診察費は二万五三〇〇円にも上った。うち一万二六二〇円が血液検査代だった。前の病院でもやっているのだから、それで済みそうなものだが、病院を移るとまた一からやり直さなければならないのだという。紹介状に前の検査結果も記載されていると思ったのだが、大間違いだった。

【3月27日（水）】

雨。明日の引っ越しを控え、都下・東村山市にある実家へ避難した。臨月を迎えた今は引っ越し作業は病院から固く禁じられている。夫は夜、送別会があるため、昼間のうちに車で送ってもらった。もしもの時のための入院グッズと、仕事の資料だけを携えての避難である（仕事もまだ残っているのだ）。

夕方、母が帰宅し、夕飯を作ってくれる。久しぶりに栄養が体に行き渡った感じがする。母と会うのは一カ月ぶり。急激にせり出したおなかの大きさに驚いている。私自身もあの頃はまだ元気だったなと思う。今は夜も足がつったりしてよく眠れないし、もう動きたくない。母が私を産んだ時は、ちょうど今頃、妊娠中毒症にかかって入院したという。その大変さと比べれば、まだ順調なようだ。相変わらず帰りの遅い父とはあまり話せなかったが、母によると、初孫の誕生をずいぶんと心待ちにしているみたいだ。なぜか女の子だと思い込んでいるようだとか。

午前一時すぎ、夫から電話があった。同僚が二人、家に泊まることになったという。楽しそうな雰囲気が伝わってくるが、明日は引っ越しだというのに大丈夫なのだろうか。

【3月28日（木）】

午前十時すぎ、夫に電話をすると、三十分ほど前に同僚たちが出かけ、それから間もなくして引っ越し業者が来たという。「今、忙しいから」とすぐに切られた。何だかあせっている。心配である。

午後九時、電話があって、無事、引っ越し先への荷物の搬入が終わったという。近くに住んでいる従兄に車で送ってもらう。東村山から春日部までは五〇キロほどの道のり。近づくにつれて新居への不安が募ってくる。今月中旬に下見をした時はかなりいたんでいた。夫は会社の管財課にリフォームとクリーニングをお願いしていた。果たしてどこまできれいになっているだろうか。

十時半、新居に到着した。恐る恐る足を踏み入れた。壁は張り替えられ、亀裂があった窓ガラスは取り替えられていた。

【3月29日（金）】

転院先の病院の検診に行った。いつ生まれてもいい「正期産」に入ったからか、内診中、担当医は「ちょっと痛いですよ」と言うやいなや、指で子宮口をこじ開けた。「一センチ開けました。こうしておいた方が刺激を受けて帝王切開になる率が下がるんです。今日は少し出血するかもしれませんが、心配はいりません」

とてもいやな痛さだった。ショックも大きかった。少し開けられただけでこうなのだから、出産の時は一体どんな痛さなのだろうか。診察後も痛みがおさまらず、一日中、寝ていた。

【4月1日（月）】

会社の先輩に「病院で子宮口を一センチ開けられた」とメールを送ったら、「そうすると早くて翌日、遅くとも二、三日中には陣痛が始まるものだから、心して出産態勢に入るべし」とアドバイスしてくれた。考えてみればあれから、もう三日もたっている。私は俄然、あせって原稿を書き始めた。

書かなければいけないのは、すでに試写を観た作品の映画評である。入院から出産、退院までの日数を考えれば、ゴールデンウィークに公開される作品までは準備しておきたい。午後十一時半に帰宅した夫は、目の色を変えてパソコンに向かっている私を見て、「今までより働いているみたい」と笑った。

原稿さえ終われば、あとは出産を待つだけだ。ただ、私が心配なのはメガネと花粉症用の点鼻薬を忘れないかということ。普段はコンタクトレンズをしているが、母親学級で「出産の時はメガネで」と言われた。万が一、メガネを忘れたら何も見えない。点鼻薬も絶対に必要だ。今年は薬が飲めないのでもっぱら点鼻薬に頼っている。もしも、これを忘れて鼻がつまったまま出産に臨むことになったら……。考えただけで恐ろしい。

破水かもしれない

【4月5日（金）】（㊀12日）

定期検診に行く。分娩監視装置で赤ちゃんの心拍や子宮収縮の様子を観察した。赤ちゃんが動いたら私がボタンを押すことになっているのだが、寝ているからか赤ちゃんはちっとも動かない。看護師さんが「ちょっと起こしましょう」と言って、電気シェーバーのようなものをおなかに当てた。一種の電気ショックなのだろう。赤ちゃんはびっくりして起きた。何だか気の毒だった。

「赤ちゃんはだんだん下におりてきているし、弱い陣痛が始まっているので、良い傾向です」と担当医。内診前に「先生、今日は子宮口を開けるのはもういいです」と頼んでおいたからか、この日は痛い検査がなかった。ほっとしながら帰途についた。

【4月6日（土）】

夫にとっては転勤後、初めての休日になる。前夜、目覚ましをかけなかったところを見れば、久しぶりに朝寝坊する気だったのだろう。けれど、そうは問屋が卸さなかった。マンションの子どもたちが朝七時頃から駐車場で大声を発しながら遊び始めたのだ。わが家は駐車場に面している。普段はのんきな夫もさすがに我慢し切れなくなったのか、布団から飛び起きると、外に出て行った。耳をすませると、夫と子どもたちとのやりとりが聞こえてくる。まずは、リーダー格の男の子に話しかけているようだ。

「君、名前は？」「タクヤです」「何年生？」「五年生です」「じゃあ、おじさんの言うことはわかるよな」「はい」「ここのマンションにはいろんな人がいるんだ。土曜日だから朝寝坊しようとしている人もいれば、赤ちゃんや病気の人もいるかもしれない。元気なのはいいことだけど、ここは集合住宅だから他の人に迷惑をかけないようにしなければいけないよな」「はい」「そういう人たちのことを考えれば、もっと建物から離れたところで遊ぶようにした方がいいと思わないか」「はい」「小さい子たちをまとめるのは大変だろうけど、五年生なんだからできるよな」「はい」「みんなもタクヤの言うことを聞くんだぞ！」「はーい」

夫の説得が功を奏したのか、タクヤ君の統率力が優れているのか、それからは少し静かになった。

【4月9日（火）】

注文していたベビーベッドが届いた。買うことも考えたが、使えなくなった時の処理を考えて、レンタルにした。扉が二方向に開くタイプで、マット、安全パッド、キルティングパッドが付いて、九カ月間で一万一四〇〇円。一歳ぐらいまで使える中型サイズを選んだのだが、部屋に置いてみると、かなり大きい。生まれたばかりの赤ちゃんだと五人ぐらいは同時に寝られそうだ。

母に電話をすると、「パパが『うちもベビーベッドを買っておかなきゃなあ』と言っていたよ」と言う。「それこそレンタルでいいんじゃないの？」と言っておいた。

両親もだんだん初孫への期待が高まってきたようだ。

【4月12日（金）】

定期検診。超音波検査を受ける。現在、三十九週目。担当医が「頭がやっぱり大きいですね。来週の検診の時にまだ生まれていなかったら、レントゲンを撮って骨盤とのバランスを調べてみましょう」。その結果、骨盤が狭いと診断されれば、帝王切開になるという。

その話を聞いて、会社の先輩が七、八年前に言った言葉を思い出した。奥さんが初めて出産した直後に、その先輩は私の腰を見ながらこう言ったのだ。「井上さんの骨盤はうちのかみさんと同じぐらいだから、出産の時はきっと帝王切開になるよ」

その時は「何でそんなことを言うんじゃい」と思ったのだけれど、あの見立てが本当に当たってしまうのだろうか……。

【4月14日（日）】

大学時代の友人が電話をくれた。東京育ちなのに、農業をやりたいという夢を抱いて山形に行って十年近くになる。三人の子のお母さんでもある。

「うちで飼っている牛も妊娠したんだけど、予定日が同じ十七日。どっちが早いかなあ」と言う。彼女の言うことには、牛にはすでに徴候が出始めているそうだ。対する私は全く徴候がない。このまま、牛にも後れをとってしまうのだろうか。

【4月15日（月）】

十二日の日記に帝王切開になる可能性が出てきたと書いたら、ホームページの読者からすぐに、「なるべく帝王切開にならない方がいい。できるだけ歩いたりして自然分娩の方向に持っていくように」という内容のメールが届いたので、少し驚いた。予後が大変とは聞くけれど、帝王切開というのはそれほど避けるべきものなのだろうか。

そう言えば、昨年、こんなことがあった。初めて妊娠した友人のひとりが予定日から一カ月以上たっても連絡をくれないので、こちらからしてみると、彼女は「赤ちゃんの具合が悪くなって帝王切開になってしまったの。ちゃんと産めなかったという引け目があって」と言ったのだ。私には帝王切開に対する抵抗感は全くなかったので、「えー、どうして？　松田聖子だって帝王切開だったよ」と答えたのだが、読者のメールを見て、彼女が「引け目に感じた」理由が何となく理解できた。だが、赤ちゃんの大きさに比べて、骨盤が狭いのであれば、どんなに歩いてみたところでどうにもならない。今はともかく、十九日の検査を待つしかない。

出産予定日なのに何も起こらない

【4月16日（火）】（㊀—日）

暇である。それで、「赤ちゃんグッズカタログ」に見入る。病院で無料で配られていたものだが、今まで開いていなかったのだ。

そこには私の知らない世界が広がっていた。ベビーカーやチャイルドシートから、授乳用品、お宮参りの衣装までさまざまな商品が紹介されていた。中には、おむつを替える時、おしりふきが冷たくて赤ちゃんが泣いてしまわないための「クイックウォーマー」という器械まである。こういう品々を見ていると、まさにベビー産業花盛りと感じる。飽食の国にしか存在しない産業だろう。

【4月17日（水）】

出産予定日。何事も起きないので、山形の友人に電話した。同じ予定日だった牛の様子を確かめるためだ。

「私はまだなんだけど、牛は？」

「こっちもまだ生まれてないよ」

何だかほっとしたが、話しているうちに、その牛は去年、双子を産んだ経験があることを知った。やはり、負けそうな気がする。

【4月18日（木）】

会社の友人が電話をくれた。二年前に出産した彼女に最近の疑問をぶつけてみた。

「陣痛が来たら、それが陣痛だと分かるの？　時々、おなかが痛くなって陣痛かなと思っても、トイレに行くと治るんだけど」

彼女は「それはただの腹痛だよ。陣痛は、『これが分からなくてどうする！』って感じだから絶対分かる」と教えてくれる。いまひとつ分からないが、腹痛とは違うということだけは分かった。

「今はおなかが大きくなって破裂しそうになっている」と報告すると、私を学生時代から知る彼女は、私がそんな状態で、その上、もう少ししたらお母さんになるということがおかしい、と言って笑った。

【4月19日（金）】

定期検診で骨盤のレントゲンを撮った。とても変な格好での撮影だった。立ったまま、股の間に三十センチぐらいの物差しを挟むのである。骨盤の計測にはこれが一番の方法なのだろうが、あまりにも原始的な形で、ちょっと情けなかった。

検査の結果、骨盤が赤ちゃんの頭に比べて若干狭いということが判明した。帝王切開するほどではないものの、出産の際には強めの陣痛が必要だという。陣痛が弱く、正期産である四十二週が過ぎた場合には入院し、促進剤を使って陣痛を起こすことになった。「そうは言っていても、案外、すんなりと生まれるケースもありますよ」と担当医が慰めるように言う。今日は四十週と二日目。来週まで生まれなかったら、入院となる。

つわりも切迫流産の危機もなく、ここまでは順調に来たけれど、やはり最後まで何が起こるか分からないのだなあと思う。こんなに苦労して産まなければならないものなのか……。人間ができていない私には、苦行としか思えなくなってきた。

【4月20日（土）】

夫はデスク番のため出かけていった。深夜の十二時すぎにならないと帰ってこない。午後十時、破水が起きた、ような気がした。病院からもらった「入院の手引き」を読むと、「破水かな？　と迷う時にはすぐに連絡して下さい」と書いてある。でも、破水ではないような気もする。夫に電話で相談し、とりあえずはしばらく様子を見ることにした。

午前零時すぎ。夫が帰宅した。「一応、病院に連絡した方がいい」と言う。電話をすると、「念のため、入院道具を持って来て下さい」とのこと。夫の運転ですぐに病院に向かった。

救急外来で受け付けをすると、看護師さんが車椅子を押しながら現れた。私を乗せるために用意していたものだ。暗い病棟を通り抜けながら、「これで破水じゃなかったら、申し訳ないなあ」と思う。

果たして、診断の結果は破水ではなかった。「お手数を掛けてすみません」と頭を下げる私と夫に、看護師さんも医師も「全然構いませんよ。もしも破水だったら大変ですから、気になったら、また連絡して下さい」と言ってくれる。

分娩監視装置でしばらく赤ちゃんの様子を見てもらったので、家に着いたのは午前二時半を過ぎていた。


【4月21日（日）】

ゆうべの救急外来の光景が朝から、頭から離れない。深夜の救急外来という場所に足を踏み入れたのは十三年ぶりになる。祖母を私の車で連れて行って以来だった。

末期がんと診断されていた祖母はその時、一時退院中だった。その祖母と一緒に母と私は翌日から温泉旅行に行く計画を立てていた。八十五歳だった祖母にはがんの告知はされていなかったが、本人もこれが最後の旅行になると感じていたと思う。

なのに、その晩になって祖母の病状は急変した。突然嘔吐し始め、それが何回も続いた。病院に電話すると、「すぐに来て下さい」という指示だった。車中、私と母と祖母の三人はずっと、無言だった。

当直の医師は「このまま入院しましょう」と祖母に言った。祖母は困ったような、すがるような目で母と私を見つめた。祖母の視線から目をそらすようにして、母と私は医師の言うことに従った。

祖母はそのまま、二度と退院できなかった。

あの時、どうして無理にでも連れて帰らなかったのか、ずっと悔やんでいた。治る見込みがあるならともかく、開腹手術をしても手の施しようがなく、すぐに閉じてしまっていたのだから、最後の旅行ぐらいは強行してしまえばよかったのだ。十三年たっても、あの時の祖母の顔が忘れられない。

今朝、目が覚めた時、布団の中でそっと、つぶやいてみた。「おばあちゃん、志津に子どもが生まれるよ」。祖母は私が病気にかかったり、受験とかいうたびに写経をしたり、念仏を唱えたりしてくれた。今もあの世からお祈りしてくれているはずだ。

産みの苦しみ

【4月22日（月）】（出産日　⊕1日）
午前二時。ベッドに入ろうとしていた時、突然、腹痛が起こった。「イテテテ……」。が、私は陣痛だとは思わなかった。その四時間ほど前、夫と二人で出かけた近所の居酒屋でかれいの唐揚げや甘海老の唐揚げなど油っこいものばかり食べていたので、胃もたれだと思った

のである。

午前四時。再び痛さで飛び起きた。トイレに行くと楽になったが、その後も痛みは繰り返し襲ってきて、そのたびにトイレに駆け込んだ。あまりに頻繁に痛むので、さすがに「もしかするとこれは陣痛か？」と考え、痛みが起きる時刻を書き止めることにした。七分、二分、五分……。病院のテキストには「十分ごとの規則的なお腹の張りや腰痛があれば入院の時期です」と書いてある。私は考えた。「もしもこれが陣痛なら、二分間隔で起きるころには耐えられないほどの痛さのはずだ。眠れるし、トイレに行くと楽になるぐらいだから、ただの腹痛だろう」

そうは思ってみたけれど、やはり普通の腹痛とは違うような気もする。おなかにガスが充満しているような、刺すような痛さだ。正午すぎ、夫が様子を見に帰ってきた。「とりあえず、病院に電話してみたら」と言う。電話をして症状を話すと、「一応、入院の準備をして来て下さい」とのこと。二日前の破水騒ぎがあるので、また違ったら恥ずかしいなと思ったが、そんなことを気にしている場合ではないのだろう。急いで病院に向かった。

医師の診断は「陣痛が始まっています」だった。「今、子宮口が二センチ開いている状態なので、出産までにはまだ時間がかかりますけど、入院しておきますか？」

「はい！」

入院は午後二時半。助産婦さんが「赤ちゃんのお誕生日は明日になりますよ」と言う。それを聞いて、夫は職場に戻った。

だが、思っていたよりも進行は速かった。検診では、赤ちゃんの頭の大きさに比べて骨盤が狭いため、強い陣痛が起きない場合は促進剤を使う予定になっていたのだが、自然に強い陣痛が起き、赤ちゃんはどんどん下りてきているらしい。

痛みも次第に激しくなってきた。腰が砕けてしまいそうな感じだ。テキストによれば、痛みは定期的に来るはずなのに、痛みがない時間は一分にも満たない気がする。助産婦さんに「ロウソクの火をゆっくり消すようにフーッと息を吐いて」と言われ、懸命に繰り返す。「赤ちゃんの下りるのが早いから今日中のお誕生日になりますよ。頑張って」という助産婦さんの言葉が聞こえる。

午後六時、夕食が運ばれてきた。空腹では力が萎えてしまうと考え、陣痛の波が引く一分ほどの間に口の中にかき込む。波が再び来ると、箸を放り投げてベッドに倒れ込む。それを繰り返しながら、きれいに平らげると、助産婦さんが「えらいわね」とほめてくれた。

思えば、その時はまだ序の口だったのだ。その後の三、四時間ほどは思い出したくもないほどの痛さが続いた。子宮口が全開大（十センチ）になるまでの分娩第一期と呼ばれる時期の終盤だ。どう表現すればいいんだろう。これまでに味わったことのない、いやーな感覚だ。

どんな姿勢を取っても耐えられない。体中が震え、下半身がバラバラになりそうな痛み。どんなに我慢しても、おなかに力が入ってしまって息みたくなる。便も出てしまいそう。が、息んではいけない。助産婦さんに指導され、「フー、ウン、フー、ウン」と息みを逃す。

以前は出産の時にはメガネと花粉症用の点鼻薬を忘れないようにしなきゃなどと思っていたが、苦しくて苦しくて顔を枕に押し付けていたものだから、メガネはいつのまにか吹っ飛び、点鼻薬のことなどは頭の隅にもなくなっていた。

午後八時半。助産婦さんは一人で苦しむ私を可哀想に思ったのか、「旦那さん、遅いわねえ。電話してみましょうか」と言った。出産は翌日になると聞いていたから、夫は職場でまだのんびりしているのだろうか。

午後九時四十分。子宮口が全開に近くなり、分娩室へ。分娩第二期である。助産婦さんが「もう息んでいいですよ」と言う。陣痛の波が来たら深呼吸を二回し、三回目に大きく息を吸ってウーンと息む。助産婦さんが「上手よ！」とほめてくれるので、気を良くし、続けて息む。よく出産について「大きな便を出すような感じ」と聞くけれど、「これで出るなら、そんな感じだな」と考える。体がバラバラになりそうな痛みは依然として続き、歯をくいしばっているのだが、頭の中は冷静だった。

しかし、どんなに息んでも、赤ちゃんは出てこなかった。赤ちゃんの頭はもう見えているという。なのに、大きくてつかえてしまったのだ。全身の力を込め、何回も息んだが、駄目だ。次第に私の力が衰えてきた。私はずっと目をつぶったままだったが、担当医が駆けつけてきたのが分かった。助産婦さんの数も増えているようだ。担当医の声が聞こえる。「何時から分娩室？」「九時四十分です」「じゃあ十時四十分になったらやりましょう」

担当医が私に呼びかけた。「赤ちゃんの頭に血の瘤ができてきました。もうお母さんも赤ちゃんもずいぶん頑張りましたからね、十時四十分になったら、おなかの上から押して出します」。私は苦しくて声も出ない。「お願いします」と心の中で返事した。

午後十時四十分。周りにたくさんの人がいる気配がする。「陣痛が来たら、息んで下さい」と担当医が言う。息んだ瞬間、誰か男の人が私の上半身に覆い被さってきた。肋骨の辺りから胃、おなかへと、ものすごい力で思いっきり押し始める。肘も使っているようだ。

それでも、赤ちゃんはびくともしなかった。「もう一回。これで出産ですよ」と担当医の声。私はもう一度深呼吸し、息んだ。再度、男の人が力いっぱいおなかを押した。「グエッ。あっ、肋骨が折れそう」。そう思った瞬間だった。プルプルプルッという感触とともに、何かが出てきた。

「生まれましたよ。女の子ですよ」と担当医の声がした。赤ちゃんの泣き声も聞こえた。

数分後。臍帯《さいたい》を切られ、産湯につかった赤ちゃんが分娩台の私の横に連れられてきた。泣きわめいている。赤鬼の子どもみたいだ。助産婦さんが「三四四〇グラムありましたよ」と教えてくれ、私の乳首を赤ちゃんの口にふくませた。赤ちゃんは薄目をぼんやりと開けて私を見つめながら、乳首を舌で転がした。何だか不敵な面構えに見える。「これから楽しくなるな」。そう思った。

午後十一時三十五分。看護師さんに案内されて、夫が分娩室に入ってきた。少し照れたような表情でカメラのシャッターを繰り返し押していた。

立派なお母さんは三日だけ

【4月23日（火）】（㊉2日）

入院生活が始まった。出産後六時間たった午前五時、看護師さんとトイレまで歩いた。会陰切開の跡が焼けつくように痛く、ソロリソロリとしか歩けない。

分娩の最中に担当医が「会陰切開しますよ」と言った時、私は苦しくて答えることもできず、心の中で「どうぞ、どうぞ！」と叫んだ。母親学級ではプレママたちの一番の関心事であった「会陰切開」だったが、体験者の友人が「その時は『もう何でもいいから早く出して下さーい！』って感じだから、なーんてこともない」と私の心配を笑い飛ばした通りだった。それに、切開の時には麻酔を打っていたので、痛みもなかった。

しかし、終わってみると傷はやっぱり痛かった。想像するのも恐ろしいが、赤ちゃんが大きかったため、かなり大幅に切ったらしかった。午前七時、朝食が来たものの、座っていられず、寝ながら食べる。その後は、痛み止めの薬をもらい、支給された円座をどこに行くにも持って歩いて過ごした。

午前十一時、ナースステーションに隣接する授乳室で「オリエンテーション」を受ける。赤ちゃんとは約十時間ぶりの対面だ。車輪付きの小さな透明なベッドに寝ている赤ちゃんが運ばれてきた。同じ頃に生まれた五、六人の赤ちゃんたちも、それぞれお母さんのもとにやって来た。ピンクのタオルケットをかけて、すやすや眠っている姿を見ると、私の赤ちゃんは他の子に比べ、ひときわデカい。

オリエンテーションでは、授乳の方法や乳房マッサージ、オムツ交換の仕方を習った。看護師さんが私の乳首をもむと、母乳が出たのでびっくりしてしまった。赤ちゃんを抱っこし、乳首をふくませる。赤ちゃんは上手に力強く吸いついた。妊娠中、超音波で見た時に大抵、手を吸っていたのは、この時に備えて練習していたのかもしれない。

ここの病院は母子同室のため、オリエンテーション終了後は赤ちゃんを病室に連れて帰った。三人部屋（六人部屋）。私の赤ちゃんの三十分ぐらい後に生まれた男の子と、二十三日の明け方に生まれた女の子とその母親たちと一緒だ。

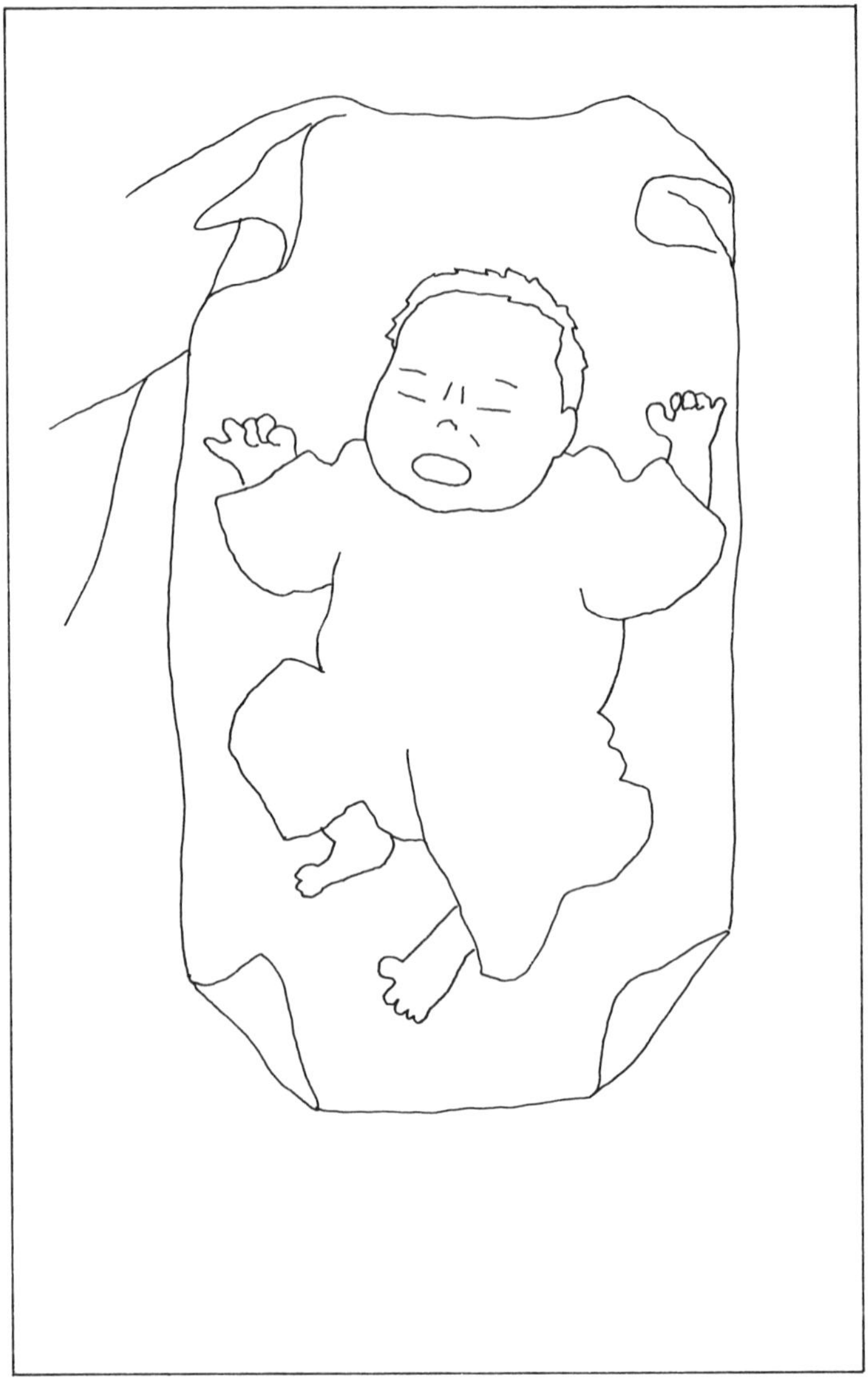

午後三時に面会時間が始まると、夫、母、父がバラバラに現れた。母が小さな手に触れると、赤ちゃんは早速握り返した。真っ赤な顔をして泣く孫を見て、父は「『ああ、ついに出てきてしまった』と世をはかなんでいるのかな」とつぶやいた。夫は昨夜と同じように写真を何枚も撮って帰っていった。

【4月24日（水）】

朝、赤ちゃんと会うのが待ち遠しい。母子同室制ではあるが、前日はまだ一日目なので赤ちゃんは夜九時に新生児室に戻っていったのだ。何もかもが新鮮で、授乳室に行けば看護師さんが指導してくれるし、学校のようで何だか楽しい。

午後には調乳指導が行われ、ミルクメーカーの人がミルクの作り方や産後の栄養について話した。その女性が私に質問をした。

「お父さん、お母さんはアレルギーですか？」

アレルギーの場合はそれを予防する良いミルクがある、と話は展開するはずだった。私は「私と夫は花粉症ですけど、両親はアレルギーじゃありません」と答えた。一瞬、女性は困ったように目を伏せたが、私はなぜだか分からなかった。「お父さん、お母さん」とは自分たちのことを指していたのだと気づいたのは、病室に帰ってからだった。

出産時に付き添ってくれた助産婦さんが、病室に痛み止めの薬を持って来てくれた。顔を合わせるのは二日前の夜以来だ。「お世話になりました」とお礼を言った。彼女は赤ちゃんを見て「一カ月検診の時にこれぐらいの大きさの子もいるのよ。おなかを押さなければ、出てこられなかったわねえ」と言った後、「あ、大きいって言っちゃいけないわよねえ、可愛いって言わなきゃねえ」と笑って赤ちゃんを撫でた。

赤ちゃんが生まれた時の私の思いは、率直に言って赤ちゃんに対するというより、医師や助産婦さんへの感謝の気持ちの方が大きかった。私も赤ちゃんも力尽きそうだったからだと思う。その助産婦さんは私が分娩台で午前一時を迎えた時、「最後までいられなくてごめんなさいね」と言って別の人と交代した。午後五時から付き添ってくれていたので、私は勤務が終わったものと思った。ところが、分娩室から病棟に向かう際に見たのは、白衣に着替えてナースステーションにいる彼女の姿だった。陣痛室と分娩室では手術着のような青いズボンをはいていたのだ。医療従事者の労働条件の厳しさについては知っていたつもりだったが、改めて頭が下がる思いがした。

母に電話する。先日、母が子宮がんの検診で引っかかり、再検査した結果が出ることになっていた。このところずっと、そのことが胸につかえていたが、母からは「大丈夫だから無事に赤ちゃんを産むことだけ考えなさい」と言われていた。結果は異常なしだった。

【4月25日（木）】

未明から母子同室が始まった。オムツをチェックし、おっぱいもやって、授乳室を出る。車輪付きの小さなベッドをガラガラと押しながら深夜の廊下を歩く。赤ちゃんは、眠っていたはずなのに泣き顔になっている。「これはまずい」と危惧しつつも部屋に入り、ベッドの周りのカーテンを閉める。

「ギャー！」

泣かせたままでは同室者に迷惑だ。仕方なく起き上がり、ベッドを押しながら、授乳室の明かり目指して暗い廊下を再び歩く。

授乳室には同じ状況に陥った母子が三組いた。搾乳しているお母さんの姿もある。出産した双子を病院に残し、自分だけが先に退院するので、その子たちのために乳を採っておくのだという。

やっと部屋に戻って眠りにつくと、今度は隣の赤ちゃんが泣き始める。次はその隣。この繰り返しが夜通し続き、結局、朝までの睡眠はトータルで三時間ほどだった。

どの赤ちゃんも授乳室では落ち着いているのに、なぜか一歩廊下に出ると泣き出すのだ。母親の不安を感じ取るのかもしれない。

もうろうとした頭で、この日は「沐浴指導」を受ける。赤ちゃんのお風呂の入れ方である。七人の母親のうち初産婦は私だけだったので、看護師さんがモデルの赤ちゃんをお風呂に入れるのを一番前で見学させてもらった。

一番不安に思ったのは、おへその手当てだった。先を軽く引っぱり、綿棒で根元を消毒するのだが、赤ちゃんのおへそを見ただけで気を失いそうになった。サザエの身みたいだ。当分、サザエは食べられないと思った。


【4月26日（金）】


午前五時。おっぱいもオムツも問題ないはずなのに泣きわめく。やっと寝たと思って部屋に戻ると、また泣くという繰り返し。そうこうしているうちに七時が過ぎて、そろそろ朝食の時間である。泣かれていては病室に戻れない。眠らせたいので看護師さんに「ミルクを下さい」と言うと、「せっかく母乳が出ているから止めときましょう」と言われる。だが、朝食を食べたい私は看護師さんがいないすきにミルクを飲ませ、部屋に帰った。

午前九時からは赤ちゃんは看護師さんにお風呂に入れてもらうので、新生児室に十一時まで預けることになっている。一人、部屋に戻ると、早くも解放感を感じてしまった。慣れない授乳で左の乳首から出血したせいもあり、「こうやってこれからずっと授乳に振り回されるのか」と憂うつになったのである。

「何だかもう飽きてしまった」とつぶやいた私に、同室の女性が笑いながら、「ちゃんと立派な『お母さん』になっていたから偉いなあと思って見ていたのよ」と言ってくれる。「私が一人目を産んだ時は、翌日からもうマタニティブルーになって、すぐに母乳もやめてしまったんだから」

何もかもが新鮮だから、ハイテンションになっていたのだが、私の「立派なお母さん」ぶりは三日しか続かなかった。

第3章

育児休業前半戦　赤ちゃんと一緒に

突然涙もろくなる

【4月27日（土）】（⊕6日）

退院の日。一人娘の初産とあって、両親が病院にやって来た。母はこの日のために白いフリルのついた服を用意した。着せてみるといまひとつ似合わないけれど、仕方ない。

夫が入院費の支払いをした。分娩料や赤ちゃんの衣類使用料など合わせて四六万七三〇〇円。健康保険組合に手続きをすれば、出産一時金三〇万円が支払われるとはいえ、やっぱり高い。少子化、少子化と騒がれるが、その一因にはこうした経済的な負担の大きさもあるように思えてならない。出産に伴う苦労は金銭面のほかにもいろいろあるけれど、せめて経済的な負担はもっと軽減されればいいのに、と思う。

フランス在住の読者によれば、フランスでは公立病院で産めば出産費用は全額国が負担してくれるそうだ。おまけに、子どもが三人以上になると、税金だけでなく、市町村が運営する音楽、スポーツといったお稽古事の費用でも割り引きがあったりして、「二人子どもを持つなら三人いた方が得！」と思わせるようなシステムになっているのだという。彼女はメールに書いていた。「少なくとも子どもは国の財産であることが皆分かっているのです」

午後一時すぎ、看護師さんや担当医にお礼を言って、病院を後にした。赤ちゃんは初めての戸外だというのにすやすや眠っていた。

仕事に向かう父と別れ、マンションに到着すると、駐車場で遊んでいた子どもたちが感づいてたちまち寄ってくる。夫がカゴに入った赤ちゃんを見せ、「赤ちゃんは寝なくちゃいけないから、あんまりうるさくしたりしないでな」と諭した。「できる人！」と問いかけると、いつも青っ洟《ぱな》をたらしている男の子が「はいっ！」と元気よく手を上げた。

しばらくして、マンションに伯母と従兄がやって来た。驚いたのは、従兄の喜びようだった。ベビーベッドにかぶりつくようにして「赤ちゃん言葉」で話しかけ、時折、「あっ笑った！」と興奮している。「これはまだ笑いじゃなくて、ただ筋肉が動いているだけだって育児書に書いてあったよ」と教えても、「失礼ね。私は笑ったのよ」などと変な女言葉で代弁する。「こんなに子どもが好きなんだったら結婚すればいいのに」という伯母の言葉をよそに、四十歳、独身の彼は赤ちゃんを見つめ続けていた。

これまでと異なる環境で、ぐずるのではないかと心配したけれど、赤ちゃんは大人たちのフィーバーぶりを尻目におとなしくしていた。ちなみに、夫の実家は青森で、母は兄夫婦と暮らしている。私たちの結婚に反対だったため、残念ながら交流がない。いつか孫の顔を見に来てくれるだろうか。

【4月28日（日）】（㊉7日）

朝、山形の友人から電話が来た。

「牛の子どもが生まれたよ！」

結局、当初の「双子」という予想は誤診だったそうだが、これで両者ともに懸案がなくなった。

午後、夫と初めての沐浴に挑戦する。沐浴指導の時に見たおへそが頭に浮かび、私は気もそぞろだ。ガーゼをはがし、おへそを見たとたん、二人とも動転してしまい、とても「おへその先を軽く引っ張り、綿棒で根元を消毒する」ことなどできない。何だか化膿しているようにも見える。どうしよう。緊張が伝わるのか、赤ちゃんは泣き叫んでいる。恐る恐る形だ

け消毒し、急いで新しいガーゼでふたをした。後で考えると、最初にはがしたガーゼに何かがついていた。あれが「へその緒」だったかもしれないと気づいたのはしばらくしてからだった。

【4月29日（月）】

突然、涙もろくなった。昼間は「この子もいつかは旅立ってしまうのか」と思って泣き、夜は「先週の今頃は二人とも苦しかったね。がんばって生まれてきたね」と振り返って泣いた。マタニティブルーだろうか。

紙面から「井」の署名が消えた

【5月1日（水）】（㊉10日）

夫が出生届を役所へ出しに行った。

生まれるまで男の子か女の子か分からなかったので、名前を真剣に考えてはいなかった。全くというわけではなく、男の名前しか考えていなかったのだ。妊娠中の超音波検査で「丸い玉」が見えたような気がしたのと、「頭も胴回りも大きい」と聞いていたからだ。誤算だった。

妊娠中から、私がいくつか候補を挙げ、その中から夫が選ぶということで話は決まっていた。条件は一つ。夫の姓と私の旧姓（井上）の両方に合う名前かどうか。残念ながら、選択的夫婦別姓制度導入のための民法改正案提出は今国会でも見送られてしまったが、導入された暁には私は姓を旧姓に戻すつもりだし、子どもの名前も私の旧姓に変えたいと思っているからだ。

命名にあたってネックになったのは「過去の記憶」だった。私が好きな名前でも夫が「中学の同級生で同じ名前の奴がいて、イメージが重なってしまう」と言い出したりする。これに両親や伯母まで加わるので選択肢はどんどん狭まって、混乱の末、何とか決まった。「綾」である。字と語感が好きなのと、両方の姓にも合うように思えたからだ。

【５月２日（木）】

夫と私と赤ちゃんの三人の生活が始まって六日目。ささいなことから夫とけんかになった。彼が脱いだ靴下をすぐに片付けなかったことに、私が難癖をつけたのが発端だったが、私にはそもそも、夫が「配偶者出産休暇」を取ってくれないという不満がたまっていた。

担当する管内で起こるすべての事柄をカバーするというのが夫の仕事だ。自分も取材して原稿を書くし、支局員の原稿もチェックする。深夜には出来上がった紙面のチェックもしなければならない。土日や祝日には販売店との会議や支局が後援する少年野球大会などに出向いて行く。代わりがいないポジションだけに丸一日休みが取れることはほとんどない。半面、何もない時には自分で時間を融通できる面もあるにはあるのだが。

私の出産にあたって、彼は当初、五日間取れることになっている「配偶者出産休暇」を取るつもりだった。だが、私の退院が四月二十七日でゴールデンウィークにかかったため、時間を融通すれば、休みを取らなくても面倒を見られると判断したのだ。

けれど、結局は何かと出かけて行くことになる。その合間に食事を作り、片付けをし、夜中は赤ん坊の世話に一緒に起き……と、夫はそれなりに頑張っていたのだが、私はとにかく機嫌が悪かった。

会陰切開の傷は痛み、頭痛もひどい。なのに、昼間、彼がいなければ、結局、私がやらなければならないことも出てくる。わがままだとは思うが、仕事と掛け持ちではなく、私の世話だけに専念してほしかったのだ。

「そんなに不満なら、里帰り出産すればよかったんじゃないか」

そう言われ、さらに怒りに火がついた。同時に何とも言えないもどかしさも感じた。

産前、「里帰り出産をするの？」という質問を職場や周囲で何回も受けたが、私の頭には最初からその考えはなかった。実家の近所に適当な病院がなかったこともあるが、何よりも、夫と一緒に赤ちゃんを育てたいという思いがあった。

けんかは結局、赤ちゃんの泣き声で打ち止めになった。自分では何にもできない存在がここにいる以上、けんかなどしている場合ではなかったのだ。

【5月4日（土）】

不眠不休でもうろうとしているが、赤ちゃんはベッドに寝かせるとすぐ泣いてしまうし、なかなか横になる暇がない。そんな中、添い寝したまま授乳するという技を編み出した。赤ちゃんも自ら横向きになってセミのようにしがみついてくる。

そのまま昼寝をしていると、夢を見た。並んで立っている祖母と私に、母がカメラを向けていた。こげ茶色の着物を着た祖母は私の肩にしっかり手を回した。母はシャッターを押そうとする。でも、涙ぐんでなかなかうまく押せない。……と、そこで突然、目が覚めた。赤ちゃんの指が私の鼻の穴に飛び込んできたのだった。

【5月10日（金）】

出産後の出血がなかなか止まらないため、病院へ行った。赤ちゃんを残しての初めての外出。仕事の日程を調整して母が留守番のために前々日から来てくれていた。

担当医の話では、子宮の収縮があまり良くなくて、胎盤が残っているとのことだった。「このまま出てこない時には掻爬《そうは》しなければいけません」と言う。薬をもらって様子を見ることになったが、「掻爬」という言葉に怖気づきながら帰途についた。

母は大量のスープを作ってくれ、夜遅く帰っていった。

【5月11日（土）】

午前四時。赤ちゃんが泣き出した。が、どうしても起きられなかった。一時間ほどしてから、ようやく立ち上がると、赤ちゃんはタオルケットを蹴っ飛ばし、手足を冷たくして、口をパクパクさせていた。顔を右に向けているところを見ると、自分なりにおっぱいを飲む姿勢を取っているようだった。

夜、母が再び手伝いに来てくれた。私と夫はミルクを飲ませたばかりの赤ちゃんを母に託し、久々に外食へ出かけることにした。

帰宅すると、母は赤ちゃんを抱いたまま、「大変だったの」と言う。

ベッドに寝かせていた赤ちゃんが突然、「キャー」という悲鳴とともに鼻からピューッとミルクを出したという。私たちがゲップをちゃんと出させないまま、出かけてしまったために、しゃっくりをした拍子に飛び出してしまったらしい。

赤ちゃんは苦しくて泣くこともできず、抱き上げた母の服を握り締め、身をよじりながら、時間をかけて残りのミルクを吐き出したとか。「こんなに小さくても、生きようとするところがすごいよね」と母は感心していたが、私は「ごめんね」と謝るしかなかった。

【5月13日（月）】

久しぶりにテレビドラマを見た。臨月、出産と自分にとってあまりにも非日常な現実を体験し、これまで大好きだったドラマの虚構世界に浸る気がしなくなっていたのだ。
が、せっかく集中して見ていたのに、隣の部屋から泣き声が。ＣＭに入るのを待って行くと、ウンチをしている。急いでオムツを替えなければＣＭが終わってしまう。そう思い、オムツを外した瞬間、オナラの音とともに何かが飛んできた。手や足に付いた物体の正体がしばらく分からず、動けずにいる私を赤ちゃんは薄目を開けて見ていた。ウンチまみれになった母の姿がこの娘にはどう映ったのだろうか。

【５月14日（火）】

母から電話があり、仕事の都合で当分、手伝いに行けなくなったという。それを聞いて私は不機嫌になり、早々と電話を切ってしまった。
切ってから反省した。大人になっても、いまだに母親に自分の世話を要求してしまう。母の仕事を応援しているはずなのに。そして、自分も母親になったというのに。

【５月17日（金）】

毎週金曜日、わが社の夕刊には、その週に公開される映画の合評が載る。評のおしまいには一文字署名が付く。私が書いた記事の場合は（丼）である。
この日の紙面を開いて、夫が「あ、もう『丼』がない」と言った。産休に入る前に観た映画の評は、これまでも載っていたのだが、ついにそのストックも途切れたのだ。寂しかったと同時に、せいせいする気もした。産休に入る頃には想像しなかった心境の変化だ。

一カ月検診

【5月19日（日）】（㊉28日）

赤ちゃんを連れて初めてのお出かけ。私のスカートを近所のスーパーに買いに行った。妊娠前はめったにスカートをはかなかったのに、今はパンツをはくことなど考えられない。というよりも、太ってはけなくなってしまった。

赤ちゃんには出産祝いにいただいた外出着を着せた。どう見ても似合わない。髪がボサボサで、しかも逆立っているからだろうか。靴下も初めて履かせたけれど、いつのまにか脱げていた。

【5月22日（水）】

誕生から一カ月たった。赤ちゃんはこちらのことをどう思っているのだろうか。目が合うと、いぶかしげな目つきをしたりする。おっぱいだけあればいいのかもしれない。例えば今、心優しい犬や猿の母親が現れて母乳を与えたら、彼女は受け入れて立派な野生少女に成長するんだろうなと思う。

夜、夫が赤ちゃんを抱っこしながら、「もう九百六十分の一が過ぎたんだなあ」とつぶや

いた。何のことだかすぐに飲み込めなかったが、人生八十年とすれば、全部で九百六十カ月、早くもその九百六十分の一がたってしまったという意味だった。私は九百六十という数字の少なさに驚き、思わず、泣いてしまった。そんなこと考えたくもないのに、この子にもいつか生命の終わりが来るなんて。

【5月24日（金）】

一カ月検診に行った。待合室に同時期に生まれた赤ちゃんたちが集まっていた。これまで赤ちゃんの顔に興味を抱いたことがなかったけれど、いろんな顔があることに気づく。どう見ても中年のおじさんの顔にしか見えない子もいる。でも、親にとっては自分の子が一番可愛いのだろうなあと思う。なぜなら、私自身も「この中で一番可愛いのはウチの子だな」と思ってしまったからだ。

身長は四九センチから五二・五センチに、体重は三四四〇グラムから四一三四グラムに増えた。が、医師によると、体重の増え方が少ないとのこと。おそらく問題はないという話だったが、念のため、一カ月後に再度、検診することになった。

【5月25日（土）】

夜、ウンチが出る音が聞こえたのでベビーベッドをのぞきに行ってみると、赤ちゃんが私の顔を見てニコーッと笑った。何たる可愛さ！　生まれたばかりの頃に笑ったように見えたのは、ただ筋肉が動いただけと習ったが、今はもう完全に笑いをマスターしたようだ。悶死してしまいそうなほど可愛い。

【5月27日（月）】

私の一カ月検診に行った。「子宮に胎盤がまだ少し残っていますが、大丈夫。もう普通の生活に戻っていいですよ」と担当医に言われる。

「床上げ」の許可を一番喜んだのは夫だった。それもそのはずだ。臨月に入って以降、私はただひたすらソファの上にいるだけの生活を続けていた。娘が生まれてからも、おっぱいとオムツの時以外はソファの上から動くことはなかった。そのため、食事の調達（弁当の買い出しや出前の注文）は、もっぱら夫の仕事になっていた。そんな生活から解放されるのを喜ぶ夫を見ながら、「床上げのことはまだ伏せておけばよかった」と思った。

床上げ後、最初に行ったのは美容院だった。前夜、母が留守番のために来てくれていたので、これ幸いと出かけて行き、五カ月ぶりにパーマをかけた。留守中、赤ちゃんは母に何十回もニコニコと笑いかけたという。母もことのほか、うれしそうだった。夜、母は一時間半の道のりを帰っていった。

【5月30日（木）】

夜中、一時間おきに泣く。ウンチが出なくて泣き、ゲップが出なくて泣く。明け方になるまで何度も起こされていた夫は朝、赤ちゃんに向かって、「いつまで続くのかな？　お父さんは体を壊してしまいそうだよ」とこぼしていた。私が「向こうの部屋で寝れば」と言うと、「母親が知らんぷりして寝ているから、無理」と言う。確かに、私は明け方、どうしても起きられないのだ。まぶたも体も石のように重い。

昼間も抱かないでいると、赤ちゃんはずっと泣いている。時間が瞬く間に過ぎていき、テレビをつけると、「えっ、この番組はつい二、三日前に見た気がするのに、もう一週間たったの？」と驚いてしまう。

病院で看護師さんが「ゲップがうまく出なくて泣いているケースも多いですよ」と話していたので、丁寧に背中をさするが、グーとかウーとか言うだけで、すぐバンザイの格好で寝てしまう。せっかく眠っても、両手でピクッと宙をかき抱く「モロー反射」と呼ばれる動作をして、その拍子に起きてしまう。新生児の無意識な動きだが、これをやっては自分で驚いて泣いている。昔、サルだった頃に木から落ちた時の夢を見ているのかもしれない。

「プッヘー」と言った

【6月2日（日）】（㊉42日）

小さな可愛い声で「プッヘー」とか「ポー」とか言えるようになった。育児書には「二カ月すぎから『アー、ウー』の母音だけの喃語《なんご》が始まる」と書いてあるが、これがそうだろうか？

お風呂に入れると、リラックスして足を動かす。初めの頃は湯船から出すたびに大泣きしていたが、もうそれもない。「生きることに慣れて、少し余裕が出てきたなあ」と夫がうれしそうに言った。

【6月12日（水）】

自分のこぶしをじっと見つめるようになった。テキストによると、「ハンドリガード」という動作で、自分への興味の始まりだという。腕を突き上げ、いつまでもこぶしに見入っている。そうかと思うと、一人で手足をバタバタ動かすこともある。これは無意識な動きだそうだ。

夏の旅行の計画を立て、母に「七日間、赤ちゃんを預かって」と頼んだら、即座に断られた。おまけに「責任感が足りない。こういう時ぐらい我慢しなさい」と怒られた。前に打診した時には「三日ぐらいならいいい」との答えだったので、ちょっと調子に乗りすぎた。

交渉の結果、赤ちゃんの首が据わるであろう七月下旬に四日間、預かってもらえることになった。

【6月14日（金）】

夜中、どうしても泣きやまないので、夫が自分の布団の中に入れて寝かせた。明け方、目が覚めて横を見ると、赤ちゃんの姿がない。ベビーベッドの中にもいない。夫の布団をめくってみたら、奥の方にいた。幸い、何事もないように眠っていたが、あせった。

夫を問い詰めると、「自分で中に入っていった」と嘘をついていた。

【6月16日（日）】

両親と従兄が遊びに来た。両親は私の小さかった頃のアルバムを二冊抱えていた。見ると、私の赤ん坊だった頃の顔は、やはり今の娘とよく似ている。父が私を抱っこしてミルクを飲ませている写真も、見慣れた写真なのだけれど、初めて現実味を感じた。自分が抱っこされている感触がよみがえるような気がして、恥ずかしかった。

それにしても、両親はなぜ古いアルバムを引っ張り出したのだろう。孫の誕生に三十五年前を重ね合わせているのだろうか。写真の中の両親は若くて希望に満ち、幸せそうだった。父はハンサムで、母は今の私よりも年下だった。

【6月17日（月）】

娘が私の顔を見ると、「エップー、エップー」としきりに話しかけてくる（？）ので、私も「プー」とか「エッポー」などと応答していると、夫が「普通の日本語で答えるようにしろ」と怒った。「でも、この方がコミュニケーションが取れる」と言うと、「そうしたら『エップー』しか言えなくなってしまうじゃないか」。言われてみれば、そうかもしれない。夫はしきりに赤ちゃんの名を呼び、赤ちゃんが口を開けるのを見ては、「えらいなあ、『はーい』って返事をしているの」と頭を撫でている。赤ちゃんもほめられているのが分かるのか、ニコニコしている。

だが、私は前日の新聞の書評欄に載っていた「ぷーぷー言語起源説」という学説を読んでいた。「強い感覚または感動に伴って自然に発した音が言語の起源になった」という説である。よく分からないが、「プープー」と言っていても言葉は覚えられる、という意味か。だけど、夫がいる時には「ぷーぷー言語」は使わないようにしよう。うるさいから。

頭にモヤがかかってしまった

【6月22日（土）】（＋62日）

誕生からちょうど二カ月たった。二カ月前のこの日は大変だったなあと、感慨にふけってしまう。

これまで私は自分の誕生日を「自分が生まれた日」としか考えていなかったが、今は違う。「母が苦しんで私を産んでくれた日」というふうに思う。自分が体験しなければそう思わないところが未熟だが、それでも母は私に恩を着せるわけでもなく、誕生日ごとに私を祝ってくれてきた。

いや、そう言えば、母は妊娠中毒症にかかり、絶対安静を言い渡されて入院して大変だった、という話は聞かされてはきたのだが、私はただ「ふーん」と聞き流していただけだった。

【6月24日（月）】

産休に入る前に観ていた映画が今週末に公開されるので、原稿を書く。もっと前に書いておくべきだったのに、締め切り間際になってしまった。「父よ」（ジョゼ・ジョヴァンニ監督）、「青い春」（豊田利晃監督）、「プレッジ」（ショーン・ペン監督）の三本だ。

だが、なかなかパソコンに向かえない。「さあ、やろう」と思うと、赤ちゃんが泣き出してしまうのだ。短い原稿だし、集中力さえあれば、すぐに片付くはずなのに、はかどらない。ベビーベッドから赤ちゃんを下ろし、近くに寝かせれば泣くまいと、ソファに置こうと思ったら、手がすべって赤ちゃんを投げ出す格好になってしまった。顔面をソファで打ってしまい、下唇を突き出して泣いていた。

何とか書き上げた。「退屈な日常の中で鬱屈したエネルギーを持て余す若者たち。なのに、肝心の松田龍平にすごみが足りない」（「青い春」）、「これまでのペン作品にあったみずみずしさが薄れてしまったのが残念。ちょっと凝りすぎたか」（「プレッジ」）などなど。

【6月26日（水）】

赤ちゃんは一日のうち三分の一の時間はこぶしを見つめて過ごしている。こぶしが気になって仕方がないらしく、着替えやオムツ替えの時も、すぐこぶしを顔の上に突き出して見つめる。角度を変えたり、なめたり、吸ったりして、飽くことはない。安上がりなオモチャでいいなあと思う。

夜、育児書に従って「赤ちゃんと見つめ合いながら」、おっぱいを飲ませていると、そこに夫が帰ってきた。赤ちゃんは乳首を口からポロッと外し、大きく目を見開いて夫を見た。それまでは二人だけの空間だったのに、夫が「ちゃんと飲んでるかー？」と突然、顔を出したので、びっくりしたのだろうか。まさに、鳩が豆鉄砲をくらったような表情で夫の顔を見ている。そして、次には私の顔。これもまた驚いた表情で見ている。そして、また彼の顔。そうやって二つの顔を交互に見比べている。目を動かすスピードもどんどん増して、時計の振り子のように二人の顔を見ている。自分を世話してくれる二人の顔を確認しているのだろうか。それとも、ただ遊んでいるだけなのだろうか。

【6月27日（木）】

昼すぎ、赤ちゃんを寝かせて、ボーッとテレビを見ていると、日曜版の編集長から電話がかかってきた。一年半にわたって連載を担当していた新藤兼人さんのエッセーが本になったので、夕方までにお知らせ記事を書いてほしいとの連絡だった。
「分かりました」と言って電話を切ったものの、電話の内容がすぐにはピンとこなかった。頭にモヤがかかって、「何のこと？」という感じだ。

仕事をしている時は、常に頭の中で段取りを考えていた。この仕事の後はあれを片付け、その次は……、というふうに。なのに、今ではもうこの始末。何とか書き上げたものの、こんなに早くモヤがかかるとは……。

【7月1日（月）】

育児休業が終われば、想像もつかない大変な毎日が待っている。育児も仕事もなんて私にこなせるだろうか。体力が持つだろうか。そんなことを考えて心配になってきた。
「これからはもうずっと何もしないで、赤ちゃんのことだけを考えて過ごそうか。一挙手一投足を観察してさ」

夫につぶやいたら、即座に「そんなの子どもが嫌がる。子どもは離れたくなるんだから」と言われた。それもそうだが……。

【7月3日（水）】

夕方、テレビニュースを見ていると、不妊治療の特集をしていた。登場した女性に共感し、涙ぐんでしまった。

正直言って、私は子どもを産む前は、不妊症の治療をする人の気持ちは分からなかった。そうまでして産まなくてもいいじゃないかと思っていたし、「血を分ける」ということにこだわりすぎているのではないかとも考えていた。でも、今は「子どもが欲しい」という気持ちが分かる。保険が適用されず、高額な費用がかかっても、わずかな可能性に希望を託そうとする気持ちが理解できる。

ただ、子どもを授かったから言えるのかもしれないが、血を分けていなくても、子どもは愛せるのではないかと思うようになったのも事実だ。今、子どもが可愛く思えるのは、自分の血を分けているからではなくて、毎日世話をし、いつもその表情を見ているせいだと思うからだ。

【７月４日（木）】

昼、赤ちゃんを寝かせてぼーっとしていると、カサッという音がした。アマゾンに生息しているかと思われるほどの大きなゴキブリだった。私はゴキブリが苦手だ。以前、ひとり暮らしをしていた時に住んでいたアパートもゴキブリが出た。ゴキブリは必ず、ひとりの時に現れ、私を恐怖の底に突き落とす。夫に電話して助けを求めると、「殺虫剤を使え」とひと言。「殺しに来て」と懇願しても、「仕事中だから無理」と電話を切られた。私は殺虫剤を握り締め、ゴキブリを追いかけた。夫が買い置いていた殺虫剤は強力で、ゴキブリはリビングの真ん中で死んだ。

私は死骸を始末しないまま、赤ちゃんのいる部屋に逃げ込んでドアを閉めた。今度は母に電話し、「ゴキブリを殺したんだけど、死骸を捨てられない」と言うと、母はたちまち怒り出した。「何言ってんの！　もうあんたは親なんだから拾いなさい！」。一方的に電話は切られた。

それでも私はどうしても部屋の外に出ていけなかった。それから五時間、夫に頼んできりのいいところでいったん帰宅してもらうまで、トイレに行くのも我慢してずっと赤ちゃんと部屋にこもっていた。夫は無言で死骸を始末し、すぐに職場へ戻っていった。


【7月5日（金）】

夜八時、仕事を終えた父が突然、孫の顔を見にやって来た。忙しくてなかなか暇がないので、この日、ちょっと時間ができたのを幸いと思い立ったらしい。一時間半も電車に揺られ、やってきてくれたというのに、赤ちゃんはちょうど眠くて泣き出したところ。普段なら笑いかけたり、声を出したりできるのに、この時は不機嫌なままだった。何のサービスも受けられず、父は一時間後、帰っていった。

帰宅後、父は母に「志津は赤ちゃんをよく可愛がっている」と言ったそうだ。これまで私は自分のことしか考えてこなかったから、ちゃんと子どもを可愛がるかどうか心配だったのかもしれない。

子どもを親に預けて海外旅行へ

【7月7日（日）】（＋77日）

用事はないけれど、母に電話してみた。すると、機嫌が悪い。

「みんな、志津のことを『三カ月の赤ちゃんを四日間も親に預けて旅行に行くなんて信じられない』と言っている」と言う。

「みんなって誰よ」

五人の名前が挙がった。「ちょっと多いな」と内心、思ったものの、口には出さなかった。

私の周囲でも、赤ちゃんを親に預けて旅行に行くことに関して、「何にも問題ない」と言う人もいれば、「この時期は我慢すべき」と言う人もいて賛否両論。中には「自分は一緒に連れて行った」と言う人もいた。私としては、連れて行くにはまだ小さいし、でも旅行はしたいし、親に預けるのだから安心と思ったのだが……。

険悪なムードになって、母の気が変わってしまってはいけないので、早々に電話を切った。

【7月21日（日）】

今日から四日間、夫と二人、韓国に遊びに行く。早朝、娘を車で実家へと運んだ。結婚前と同じままの私の部屋には、レンタルしたベビーベッドが用意されていた。何も知らずにニコニコしている娘と、不安げな両親を残し、出発した。

電車に乗るのは四カ月ぶり。つい、シルバーシートの空き具合を確認してしまった。思えば、大きなおなかを抱えての通勤はつらかった。「Ｂａｂｙ　ｉｎ　Ｍｅ」などと書かれたマタニティバッジの存在を知ったのは出産後だ。たくさんの人が身に付けて、認知されるといいのに。

乗り換えのたびに、実家に電話をする。飛行機に乗る直前も電話をしたら、母が言った。

「もう親なんだから危険な所に行くのは止めてよ。暗黒街とか」

釜山に到着しても電話をかけた。「おとなしくしている」と聞いて、ひとまず安心した。

【7月22日（月）】

釜山から慶州へ移動した。やはり、娘のことが気になる。夕方、電話をかけると、母の声は明るかった。「ゆうべはおじいちゃんと一緒にお風呂に楽しそうに入って、朝までぐっすり眠ったわよ。今はお利口に教育テレビを見ているところ。ウンチが出ないから、おなかを『の』の字に撫ぜたら大量に出た。『おまえはお母さんに置いて行かれたんだよ』と言っても、機嫌よくニコニコしていたわよ」

何だ、誰でもよかったのか……。預かってもらった勝手な身ながら、少々つまらない気持ちになった。

【7月23日（火）】

慶州からソウルへ。また、電話をかける。

「今日はよく泣いてね、何かを訴えるみたいに話しかけてくるの。そしたらおじいちゃんは『言いたいことを分かってあげられない』って涙ぐんだのよ、アハハ」と母。楽しそうだ。

反対に、私はおっぱいの張りを取るために搾乳するたびに切ない気持ちになる。普段は、娘のおなかが空く頃に胸が張ってきて、おっぱいを飲んでもらえば楽になるのに。考えてみれば、ずいぶん良くできた二人一組の仕組みだ。こんな仕組みを誰が考えたのだろうと、厳粛な気持ちになってしまう。やはり、乳飲み子を置いて旅行に出るのは自然の摂理に反することだったのかも……。

【7月24日（水）】

帰国。夜遅く実家にたどり着くと、娘はベッドの上で眠っていた。目を開けて私の顔を見た途端、火が付いたように泣き出した。眠っていたのに起こされてびっくりしたのか、私の顔を忘れてしまったのか……。

両親にお礼を言って、実家を後にした。車中、娘は私と夫の顔を不思議そうに見続けていた。

【7月25日（木）】

娘はすっかりまた前と同じ様子。ぐずることもなく、穏やかにしている。

パソコンを開けると父からのメールが届いていた。「大変だったけど、綾の顔を見るのが楽しみの四日間だった。また連れておいで」と書いている。母に電話をすると、父は朝、空になったベビーベッドを見ながら、寂しそうにしていたという。これまでは割とクールだった母も「困った。愛情が移ってしまった」と言う。四日間、世話をかけたけれど、結果的には良かったのかな、とも思った。


【7月26日（金）】

旅行の荷物の後片付けをしながら、旅行中も私と夫の心から離れなかった娘の存在の大きさについて考えた。妊娠前は、こう思っていた。いつか子どもは産みたいけれど、いったん産んでしまえば、子どもは私が死ぬまでそばにいることになる。どんな人物か分からないのに、うまく付き合っていけるだろうか……。

ところが、生まれてみると、娘は誕生したその日から、有無を言わせぬ圧倒的な存在感で、あっという間に仲間になっていた。不思議だった。

特に子ども好きではなかった私は、可愛く思えるのかどうか不安だったから、妊娠中、周りの先輩お母さんたちにしょっちゅう、「赤ちゃんは可愛いかなあ？」と聞いていた。彼女たちはそのたびに、「大丈夫。可愛いから」と答えていたのだが、今はきっと、「ほらね、無用な心配だったでしょ」と思っているに違いない。

初めて声を出して笑う

【7月27日（土）】（㊉97日）

娘が初めて声を出して笑った。

ひざの上にあお向けに乗っけて、「おてて、あんよ、プップクプーのプー」と歌いながら手や足を振っていたら、「アハハ！」とうれしそうに声を出した。

「アハハ！　アハハ！」と笑うから、私もおかしくて「アハハ！」と笑ったら、それがまたおかしいらしく、「アハハ！　アハハ！」と口を大きく開けて笑う。

その後、ひざの上でウンチをしたので、「タイヘンだ！　タイヘンだ！」と歌いながら、抱っこしてベッドに運ぼうとしたら、またもおかしそうに「アハハ！」と笑った。

夜、夫が帰ってきたので、娘に「パパにも笑ってあげな」と言ったが、もう笑わなかった。声を出して笑うのは結構難しいのかもしれない。


【8月4日（日）】

「声を出して笑った」と父にメールを送ったら、返事が来た。

「もう四カ月目に入ったのだから、感情の起伏も大きくなるはずだよね。そういう変化を毎日見ていたい」

そのことを夫に話すと、夫は「変化を毎日見ていたい……なんて恋する乙女みたいだな」と言った。

その父が私の従兄の運転する車でまた、訪ねて来た。母は疲労でダウンしてしまったため、二人でやってきた。片道二時間もかけて来たというのに、娘は終始、緊張した面持ちで、笑いもしなかった。

夕食の時、父がふいに私にこう尋ねた。

「ところで志津は育児以外は何をしているんだ？」

私は言葉に詰まった。

「家事をして……、後は何もしてない。テレビを見ていて和泉元彌のダブルブッキング問題とかには詳しくなった」

父はそれ以上、何も言わなかったが、二人が帰った後も、この問いはのどに引っかかった小さな骨のように離れなかった。

世の中には育児休業中に何らかの資格を取ったり、キャリアアップを図ったりする人もいる。計画を立てて努力するというのは私の最も不得意とする分野なので、はなからそんなことをするつもりはないのだが、何となくあせってしまう。

【8月6日（火）】

この頃、髪がごっそり抜ける。毒を盛られたお岩さんみたいだ。

健康保険組合から送られた育児誌を読んでいたら、「抜け毛はホルモン分泌の変化、疲れ、ストレスが原因と考えられ、疲労回復、栄養のバランスに気をつけて、頭皮を清潔に保てば六カ月ほどで元に戻る」と書いてあった。夫に見せると、「疲れとストレスというのは当たらないだろうから、不潔なのが原因なのでは」と言った。今はどこにも出かけないから髪を洗わない日もあるのを知っていて、そんなことを言うのだろうか。

そう言えば、数日前、私が新しい服を着て、彼に「可愛い？」と聞いた時、夫はこう答えた。

「可愛いとか、可愛くないとか、そういう問題はもう終わっている」

その時は「何てことを」と思ったが、実は、ホントだよなあ、という気もしないではない。終わったというか、出産によって自分の体を隅々までもう全部使い果たしてしまったという気がするのだ。シミも増えたし、歯ぐきも痛い。体重は妊娠前より三キロオーバーのままだ。二十代の頃に産んでおけば、衰えは多少抑えられていただろうか。

【8月9日（金）】

長崎原爆記念式典を報じるニュースを見ていたら、急にある映画を思い出した。「TOMORROW／明日」という日本映画。原爆が投下される前日、一九四五年八月八日の長崎の市井の人々の一日を描いた黒木和雄監督の作品だ。

映画のラスト、桃井かおりさん扮する女性が出産する。赤ちゃんの産声を聞き、夜明けを迎えたところで映画は静かに終わる。

シナリオライターとしての母のデビュー作でもあり、当時、大学生だった私はうれしくて、井上光晴さんの原作を読んだりした。出来上がった時も、泣きながら見たものだった。

そのラストシーンが突然、よみがえった。鳥肌が立ち、手足が冷たくなった。娘を産んだ夜、分娩室から車椅子で病室に運ばれ、母として初めて眠りについた時のシーツの感触が浮かんだ。あの日の翌朝、もしも、原爆が落とされていたら……。一体、何のために苦しんで産んだのだろう。映画のラストシーンが持っていた重みを、今さらながら実感せざるをえなかった。

【8月18日（日）】

友人が娘の顔を見に訪ねてくれた。同期入社だったが、六年ほど前に転職してしまった女性である。

彼女が出産したのは入社して三年目だった。約八カ月の育児休業を終え、職場復帰した頃、私は地方支局に勤務していて、電話でしか話せなかった。

「出社すると、すぐ保育園から『熱を出したので迎えに来て下さい』と電話が来るの。仕方がないから『勤務を替わってほしい』と部の人にお願いすると、いやな顔をされる。『夜勤を外してもらってずるい』とも言われる。どうしたらいいんだろう」。電話はいつも、そんな内容だった。

独身の時と同じローテーションに入れなくても、ずっと続くわけではない。子どもが小さい時期は限られているのに、どうして助けてあげられないんだろう。職場の理解のなさが私には不可解だったが、どうすることもできなかった。

ある日、彼女は「今日は○○さんが『大変だね』って言ってくれた」と弾んだ声で電話をかけてきた。何気ない、たった一言の言葉をかけてもらっただけなのに、まるで宝物でももらったように喜んでいる様子で、何度も繰り返している。私は「よかったね」と思いながらも、「まずいかも」と感じた。「かなり追いつめられているのでは……」と。

それから、半年ぐらいたっただろうか。帰宅して、留守番電話のメッセージを再生し、彼女の声が聞こえた時の、「しまった」と思ったあの瞬間が今も忘れられない。「退職します」。あわてて電話したけれど、もう遅かった。グチを言っている間は大丈夫だけれど、何にも言わなくなった時、人は決断してしまうのだろう。彼女の決意は固かった。

私の娘をひざに乗せ、彼女はその頃のことを振り返った。「『ローテーションが回らないから、これからはまた夜勤に入ってもらう』と言い渡された時、『もう駄目だ』と思った。今だったら、子どものいる人もだいぶ増えて、相談する人もいて、何とかなったかもしれないけどね……」

入社一年目に私がセクハラまがいの目に遭った時、彼女はずいぶんと力になってくれたのに、あの時、私は何にもできなかった。「今もずっと後悔しているよ」と言う私に、彼女は「今だったら、辞めずにすんだかもしれないね」と繰り返した。

お母さん、産んでくれてありがとう

【8月23日（金）】（＋一24日）
検診に行った。前日でちょうど生後四カ月。先月の検診の時、発育曲線のグラフを見ながら、担当医が「来月は体重が六キロに増えていればいいですね」と言っていただけに、親としてはやはり気になる。出かける前に体重を測ろうと、ベビーベッドに迎えに行った夫が叫んだ。「あー、もったいない！　こんなにたくさんウンチして。これで四〇〇グラムは損したぞ」

果たして、病院での測定の結果は五九五二グラムだった。でも、まあ、四捨五入すれば六キロなので、担当医は何も言わなかった。その代わりというわけでもなかろうが、今度は身長が問題視された。五九・八センチ。前回に比べ、伸びが少ないということで、来月、また診てもらわなければならなくなった。

「伸びがよくなければ検査をしましょう」

担当医にそう言われ、不安になり、帰宅後、母に電話をかけた。

「赤ちゃんはやせたり太ったりしながら大きくなるんだから大丈夫よ。毎月検診に行くから余計な心配をすることになるのよ」。そう言われればそうなのだが、つい、グラフの曲線通り、右肩上がりになってくれるのを願ってしまう。

【8月25日（日）】

脚本家の舟橋和郎さんと奥様が私と母を昼食に招待してくれた。この日のために私はずいぶん前から夫に留守番を頼んでいた。午前十一時に家を出て、夕方近くまで、家を空けることになる。夫と娘がこんなに長く二人きりになるのは初めてのことだ。夫は前日から「明日は二人で留守番だよー」とうれしそうに娘に話しかけていた。

食事を終え、コーヒーを飲んでいた時、母がお二人にこう言った。

「難産だったからか、娘が初めて、『産んでくれてありがとう』って言ったんですよ」

そう言えば、退院の日、確かに母にそう言った。私は何気なく言い、母も「アハハ」と笑った程度だったのに、ずっと心に残っていたんだなと思った。

「そうね、その立場になって初めて分かるのよね。あなたなんて、最近は『老い』が分かってきたなんて思っているんじゃない？」

奥さんが母に聞いた。奥さんはもうじき八十歳になる。

「ええ、すごく思います」。母が答えると、奥さんは言った。

「まだまだよ。私はこの年になって母の言っていたことがようやく分かるようになったのよ。母が『腕が重いから』と言って着物の袖を切って、丸袖にしてしまった時、『えー、どうして？』と思ったけれど、今は実感できる。本当に腕が重いのよ」

二人のやりとりを聞きながら、いくつになっても、「その時になって初めて分かること」があるんだ、と思った。

夕方、帰宅すると、敷きっ放しの布団の上に夫と娘がうつ伏せになり、並んで横になっていた。左側を向いて寝ていた娘は右側から声を掛けると、頭を上げ、右側を向こうとする。だが、なかなかうまくいかない。腕や足も動かして勢いをつけ、ようやく右側を向いた。夫と私は思わず、歓声を上げた。

赤ちゃんのごはんを作る準備を始める

【8月26日（月）】（＋127日）

生後四カ月が過ぎ、恐れていた離乳食作りを始める時期が近づいてきた。育児書を読むと、五カ月ぐらいからと書いてある。さすがの私も近頃は料理本を見ながらブリの照り焼きや肉じゃがを作ったりしているものの、それは気が向いた時だけ。あとは夫にお惣菜を買ってきてもらったり、出前を取ったりしてしのいでいる。でも、離乳食が始まれば、「今日はその気にならないから作らない」というわけにはいかない。市販のベビーフードもあるが、せっかく家にいるのだから、なるべく自分で作ろうと思っている。

それにはまずは勉強を、と思い、「赤ちゃんのごはん」という本を買ってみた。新聞で紹介されていたのだが、近所の本屋には置いてないし、大きな書店に足を運ぶのも今は無理なので、インターネットを使って購入した。

実は書評欄を担当していたころ、「インターネット書店」について取材したことがあった。が、実際に利用したのは今回が初めてだった。注文する段になって、感じたのは割高感だ。一二〇〇円の本が、送料と代金引換手数料が加わって一八〇〇円になってしまうのだ。しかも、届けられた実物を見ると、予想していたより薄っぺらい。

記事が掲載された際、地方に住むお年寄りから「大きな書店に行けないので良い方法を教えてもらってありがたい」とお便りをいただいたりもしたのに、利用者としての実感は、自分が不便な立場に置かれるまで分からなかったとは情けなかった。

【9月3日（火）】

昨夜は寝たのが午前三時だったからか、頭が重く、娘に笑いかける気が全く起こらない。遊ぶ気力もわかず、ベビーベッドに寝かせたまま。オムツを替える時もつい無表情になってしまう。娘の顔に目をやると、笑うのを止めてじっと私を見ていた。こちらが無表情だと向こうも笑わないんだな、などと考える。

心が晴れやかにならないまま、夕方、買い物に出かけた。すると、駐車場で遊んでいた小学生の女の子が駆け寄り、乳母車の中の娘の顔をのぞき込んだ。

「何て名前？」

「綾ちゃんだよ。一緒に遊んでね」

今日、私が初めて出した一声。やっぱり、外に出て、風に当たった方がいいんだなと思う。

帰宅すると、知人から本が届いていた。「もし、赤ちゃんが日記を書いたら」（ダニエル・スターン著、亀井よし子訳）というタイトルだった。パラパラとページをめくったら、偶然にもまさに今日のことが載っていた。

「生後三カ月を過ぎたころから、赤ちゃんは、お母さんとの顔と顔の出会いで何が起こるかを予期できるようになりますが、そんなときにお母さんの様子がいつもとあまりにもちがうと、不安になってしまいます。とくに、お母さんが急に彼との相互作用をやめて無表情になったり、彼がお母さんの顔に表情を呼びおこすことができないときには、その当惑が強まります」

【9月4日（水）】

娘を連れて実家に帰った。この週末、友人の結婚式があり、夫も仕事が入っているため、娘を預かってくれるよう母に二カ月前から予約を入れておいたのだ。

夫の車で一時間半かけて実家に着くと、娘はおびえたように泣き出した。夜遅くに移動して不安だったのだろうか。ベビーベッドに寝かせ、家から持ってきたメリーを取り付け、「仲間」のウサギやウマのぬいぐるみ、ガラガラなどを並べる。「そっちの家の精霊とウチの精霊は違うから、ベッドの周りにあるものを全部一緒に持ってきて」と母に言われていたのだ。娘はしばらくしてやっと落ち着いた。

母の考えでは、赤ちゃんは動物や木や風や日の光と話ができるという。この考えは私が子どもの頃に大好きだった「メアリー・ポピンズ」の本にも載っていたものだ。

メアリー・ポピンズが世話をしている双子の赤ちゃんは、いつも窓の敷居にやって来るムクドリと話をする。大きくなったら言葉を忘れてしまうよと言われ、双子はムクドリに「忘れるもんか」と言い返す。

「忘れるってことは、どうにもならないんだよ。いままでだって、満で一つにもなって、まだ覚えてたって人間はひとりもいないんだから――」

愛しそうに答えたムクドリは、双子が誕生日を迎えた翌日、いつものように敷居に降り立って話しかける。でも、もはや双子は彼の言葉を理解できなかった。「やっぱり――そうなんだね」。ムクドリは泣いてしまう……。

双子は成長して、「人間」になってしまったのだ。でも、うちの娘は今はまだ「人間」ではない不思議な時期。泣いたムクドリも、今、娘のもとを訪ねてきてくれれば、話し相手になれるのに。

モンゴルの女性にほめられる

【9月11日（水）】（㊉143日）

朝、ベビーベッドで泣いているので行ってみると、うつ伏せになっていた。あお向けの格好から寝返りができたのだ。でも、片方の腕が下敷きになっている。びっくりしたからか、腕が痛いからか、顔中が涙と鼻水とヨダレまみれだった。

午後から仕事の打ち合わせに出かけた母が、夜、帰ってきて、娘のもとへ駆け寄った。

「あー、ばぁばは早く綾ちゃんに会いたかったよぉ」

打ち合わせはスムーズに進まなかったらしい。心身ともに疲れ果てて帰った身には、孫の笑顔は天使のように見えるのだろう。老夫婦二人きりの家に、パッと明かりが灯った感じなのかもしれない。


【9月16日（月）】


里帰りしていた私と娘を、前日の夕方、夫が迎えに来た。もっと前に帰るつもりだったが、両親がまだいてほしそうなので三日ほど先延ばしにしていたのだ。

夕食後、お茶を飲んでいると、父が「綾のお風呂はどうする？　帰ってからでは遅すぎてかわいそうじゃないか？　ボクが入れてもいいよ。綾、じぃじとお風呂に入るか？」と言い出した。十日間の滞在中、娘をお風呂に入れるのはずっと父の仕事だった。

結局、この日も父に入れてもらった。玄関先で手を振る両親に別れを告げ、帰途についた。

夜、母から電話がかかってきた。

「さっき、パパが『綾は今頃、じぃじに会いたいなあと思っているかなあ』って言ってたわよ」

父は先日も、「これから綾にいっぱい教えたいことがあるんだ」とつぶやいていたそうだ。

浅草三社祭だとか、川越まつりだとか、いろいろなお祭りにも一緒に行きたいのだという。

十四年前に亡くなった父方の祖父は、放送局を定年退職した後、郷土史家としていくつかの本を残した。その中には祭りに関する本もある。

「年を取ったらだんだんおじいちゃんに似てくるのねぇ」

私の父は出版社で辞書の編集をしたりしてきて、それほど祭りに関心があるというわけでもなかったから、母はその変化が興味深そうだった。


【9月17日（火）】

朝から日朝首脳会談を報じるテレビを見ていた。夕方になって、拉致被害者のうち八人死亡というニュースが飛び込んだ。横田めぐみさんの名前も含まれていた。

横田さんのご両親には以前、取材でお会いしたことがある。お母さんの早紀江さんが『めぐみ、お母さんがきっと助けてあげる』という本を出版した三年前のことだ。ご自宅におじゃまし、話を伺った。胸の内の思いは同じながら、早紀江さんは激しく、滋さんは穏やかに話される、という印象を受けた。

辞する時、早紀江さんは私をエレベーターまで送ってくれた。私はめぐみさんより三つ年下だ。雨の降る日で、早紀江さんは私が傘を忘れていないか気遣って下さった。

「女性が働くのは大変でしょう。でも、頑張って。体に気をつけて」

別れ際、逆に励まされ、優しさが身にしみた。

あの時だって、私はご両親の気持ちを理解していたつもりだった。けれど、今はもっと分かる気がする。「死亡」と発表され、かける言葉もない。


【9月20日（金）】


検診に行く。体重は六三九〇グラム、身長は六三センチ。身長が先月の五九・八センチからずいぶん伸びたので、医師が「もう心配いりませんね」と言った。私は「ひと月に三・二センチも伸びるだろうか？　単に測り方の違いによるのでは……」と思ったが、もちろん、そんなことは胸にしまっておいた。

担当の医師は「動くものをつかもうとしますか？」と言いながら、娘の目の上で聴診器をブラブラさせた。娘は目で追っていたが、つかもうとはしない。それでもまだ聴診器はブラブラしている。娘は何を思ったか、医師の顔をうかがってニヤッと笑った。医師は「今日は気分が乗らないみたいですね」と言って、振るのをやめた。

次に首の据わり具合を診るため、医師は娘の脇の下を持ち、飛行機のように高く掲げた。娘にとっては初めての体験だ。「こんな楽しいこと初めて」というように両手を翼のように伸ばし、満足そうな顔をした。

次回は三カ月後でいいことになり、これで月に一度の検診から放免された。

支払いをするため、受付に座っていると、若い女性が話しかけてきた。

「メイ・アイ・キス・ユア・ベイビー？」

新種のキャッチセールスかと身構えたが、そうでもなさそうなので、ひるみつつも「どうぞ」と言った。すると、彼女は娘のズボンの裾をまくって、そっと足にキスした。そして愛おしそうに足を撫で、何やらブツブツ念じている。

聞くと、モンゴルからの留学生だという。二十三歳。三つの男の子をモンゴルに残していると言って、写真を見せてくれた。ムクムクの暖かそうな帽子をかぶり、真っ赤なほっぺでニッコリしている。彼女は私の娘を見つめ、「ビューティフル、ビューティフル」と言った。

「もう一度キスしていいですか？」

「どうぞ」

ブチュー。娘は再び祝福を受けた。何だか幸せな気持ちになった。娘もうれしそうだった。娘はモンゴル美人なのかもしれない。

第4章　育児休業後半戦　赤ちゃんと離れたくない

会社に行った夢を見た

【9月24日（火）】（㊉－56日）

会社に行った夢を見た。

「職場復帰プログラム」のレポートを人事部へ提出しに行ったようだった。提出した後、私は編集局に寄って挨拶をしようと考えて、ふと立ち止まった。どの道を通って行こうか。あの階段を使うとあの人に会ってしまう、こっちで行くと今度はあの人に会ってしまう。あんまり会いたくないなあ……。ためらっていると、高校時代の同級生が歩いてきた。彼女は会社とは全く関係ないのだが、私は不思議に思うこともなく、出産の話を始めた。夢はすっかり出産談義のシーンに変わってしまった。

ところで、「職場復帰プログラム」というのは財団法人「21世紀職業財団」が実施している制度だ。育児休業や介護休業を取っている社員がレポートを提出したり、在宅講習を受けたりすると奨励金が支給される。私の場合は人事部と相談して、この「日記」をレポート代わりにしてもらうことになっている。

【9月26日（木）】

五カ月が過ぎたので、離乳食に挑戦した。テキストに書いてあった「十倍がゆ」を作る。娘を椅子に座らせて、小さなスプーンでほんの少しすくって口に運んだ。

娘は初め、甘い果汁と思い、うれしそうに口を開けたが、得体の知れない初めての固まりだと分かると、鼻の穴をふくらませ、「ウェ〜ッ」と顔をしかめて吐き出した。そしてもう二度と口を開かなかった。

娘のその顔を見ているうちに、私まで気持ちが悪くなってきて、自分が作ったおかゆがいかにもまずそうに見えてくる。テキスト通りに作ったはずなのに……。今度は食べてくれるだろうか。

【9月30日（月）】

予防接種を受けさせるため、近所の小児科医院へ行った。ジフテリア、百日ぜき、破傷風を予防する「三種混合」という注射だ。第一期は生後三カ月から十二カ月の間に三週から八週間の間隔で三回受けることになっている。他にも予防接種はＢＣＧやポリオなどいろいろあって、こちらは集団接種で日時が決まっている。次のワクチン接種までは種類によって一週あるいは四週間の間隔をあけなければいけないという決まりもあり、スケジュールを立てるのは結構大変だ。育児休業制度がなく、親も近くにいないような人は、一体どうやってこなしているのだろうか？

娘にとって初めての注射とあって私も緊張し、心臓がバクバクと波打った。娘にも鼓動が伝わるのか、情けない表情でいる。医師が目にも止まらぬ速さで注射針を腕に突き刺した途端、娘は大声で泣き出した。いつもよりも二オクターブは高く、病院中の窓が割れんばかりの声量。医師が「次回はＢＣＧ接種の四週間後に来て下さーい！」と叫んでも、声がかき消されるほどだった。

世の中にこんな痛いものがあるという事実に、娘はだいぶショックを受けていたようだったが、家に帰る頃にはすっかり忘れていた。

【10月1日（火）】

寝返りをしてから、またあお向けに戻れるようになった。そうやってうつ伏せ、あお向け、うつ伏せ……と、ゴロン、ゴロンと転がって、自分の好きな所へ行けるようになった。リビングのカーペットにタオルケットを敷き、その上に寝かせていても、もはやそんなものは何の役にも立たない。すぐにカーペットからはみ出し、フローリングの床の上を移動している。

ハイハイを始めたら目が離せなくなるということは聞いていたが、その前段として転がって移動するとは知らなかった。そもそも大変な重労働に見えるのだが、目的地を定めると、かなりの速さで到着する。ソファに座っている私の足元までたどり着き、顔を見上げながら私の足首をなめたかと思うと、その次は籐のゴミ箱をなめる。かと思うと、次は新聞とチラシをぐしゃぐしゃに握り締め、なめている。シンナーでも吸っているかのような恍惚とした表情で、取り上げると泣いてしまう。最初のうちは取り上げたり、抱いて引き離したりしていたのだが、そのうちにどうでもよくなってきた。

【10月2日（水）】

パンをスープに浸して煮込んだ「パンがゆ」を作った。作家の柳美里さんが送ってくれた離乳食用の本を参考にしたのだが、スープは粉末のものを使って手を抜いた。彼女は私より百万倍も忙しいはずなのに、送ってくれた本を見ると、あちこちのページの角が折ってあったり、材料の粒がくっついていたりして、苦労の跡がしのばれ、感心させられる。でも、うちの娘はどうせまた、「ウェ〜ッ、ペッ」と吐き出すのだからと思い、手間を惜しんでしまったのだ。
が、この日、娘は初めて、楽しそうにパンがゆを飲み込んだ。最初のうちは「ウェ〜ッ、ペッ」と吐き出していたのだが、それを見かねた夫が試しにスプーンを自分の口に入れるふりをして、「おいしーい！」と叫んでみせてから娘の口に近づけると、娘も食べたくなったようだ。食べるのをほめてやると、得意そうな顔をしている。夫に先を越されて何だかくやしかった。

自分の名前が言えた

【10月11日（金）】（㊉173日）

「バカバカしくて読んでいられない」と言われるのを承知で書くのだが、娘が何と、自分の名前を口にした。

この日、遊びに行った実家で彼女の語彙は突然、急激に増えた。これまでは「アー」とか「バーブー」に「ゲー」「キャー」「プー」が主だったのだが、「ニャニョニャニョ」や「チャチュチョ」「ハー」などが加わったのだ。と思いつつ遊んでいると、突然、「アーヤチャン、アヤチャン」と言う。初めは私も母も聞き流していたが、三回目、二人は顔を見合わせた。

「今、『アヤチャン』って言ったよね？」

娘はまた言った。「アヤチャン」

「すごい！　自分の名前を言った！」

「いつも呼びかけられているからだよ！」

「天才かも」

「初めての言葉が自分の名前なんてナルシストだ！」

夫に電話をして教えてあげた。だが、信じない。

「よくワイドショーとか夕方のニュースでやってるだろ。『夕焼け小焼け』を歌う犬とか。あれと一緒じゃないの？」

帰宅した父も最初は信じなかった。でも、聞いた途端、目を丸くした。

「ホントだ！」

その後、娘は父の足元へ転がっていって言った。

「パパ」


【10月12日（土）】

この日、仕事だった夫が、遠路わざわざやってきた。自分では「時間が空いたから」と言っていたが、娘が「アヤチャン」と言うかどうか、確かめに来たのはみえみえだ。伯母もやって来た。

みんなで固唾《かたず》をのんで見守っていると、娘は口を開いた。

「アーアーヤチャン」

「ねえ、本当でしょう？」と夫に聞くと、「うーん。そう言われると、そんな気もしないではないが」と半信半疑の様子。もう一度、言うのを待っているうちに、娘は眠ってしまった。

結局、夫は確信を持てぬまま帰っていったが、まんざらでもなさそうな表情だった。

もちろん、娘は自分の名前と認識しているわけではなく、ただ、そういう音を出せるようになったということだろう。

伯母は言った。

「名前がミツコとかヒトミとか発音がむずかしいものじゃなくてよかったねえ」


【10月15日（火）】


娘にツベルクリン反応検査を受けさせるため、前夜のうちに家に戻った。自治体が行う集団検査なので、この日の午後一時半から二時半までと日時が決められている。会場には百人ほどの赤ちゃんとその母親が集まり、騒然としていた。一大イベントという感じだ。

先日、「育児休業制度がなく、親も近くにいないような人は、予防接種を一体どうやってこなしているのだろうか？」とこの日記に書いたら、読者からメールをいただいた。答えは「仕事を休まなければいけない」だった。言われてみるまで、正直言ってこの答えは予想していなかった。

予防接種のために仕事を休まなければいけないなんて、やはり、おかしい。「予防接種にしろ、検診にしろ、せめて月に一度だけでも土曜日にやってくれれば助かるのに」と書いている人もいたが、まさに同感だ。土曜出勤した職員が代休を取れば済むだけの話だ。医者にもその分の手当を払えばいい。

こうした問題は、みんなこれまでも感じていたのに、そのうちに子どもが大きくなって関心が他に移り……という具合に、解決されないできたのではないだろうか。予防接種を休日に実施することぐらい、簡単に実現すると思えるのだが……。

少子化対策の一つとして政府は最近、「男性の育児休業取得率一〇%達成」を目標に掲げたけれど、何かズレているなあと思う。もちろん、男性も取得できるようになればそれに越したことはないが、その前に女性が安心して取得でき、復帰後も、効率優先の職場であっても可能な限り気兼ねせずに子育てできる環境を整える方が先決ではないだろうか。

歯が生えてきた

【10月21日（月）】（＋1 8 3日）
ソファの上で本を読んでいると、娘が部屋の隅からゴロンゴロンと回転しながらやって来

て、私の指を口に入れた。その時、ゴリ、と指に固い感触が当たった。ドキッとした。

「歯が生えたの……」

口をこじ開けてみたら、下あごに〇・一ミリぐらいの幅の白い線が薄く見えた。これまで深く考えたことがなかったが、歯というのは何となく、ある日ニョキッと一本、完成品が出来上がっているような印象があったので、へえ、と思った。

翌日でちょうど生まれて半年だから、歯が生えてきても驚くことはないのだろう。でも、これまでフニャフニャで、どこもかしこも柔らかいところだらけだった体に、歯という堅固な物質が出現したということが、うれしいと同時に衝撃的だった。

ドキッとしたのは、こう感じたからでもあった。

「ああ、確実に私は死ぬんだ……」

死に対する恐怖感が、私は大人になっても消えなくて、夜中や明け方、しばしば飛び起きてしまう。いつか遠い将来、自分は消えてなくなってしまうのだと思うと、暗闇の中に吸い込まれていくような、貧血が起きたような状態になるのだ。

歯が生えて、お座りをして、立ち上がり、歩き出して……、娘は確実に成長する。ということは、私も確実に死ぬんだ。なぜかそんなふうに感じてしまった。

歯がむずがゆいのか、娘は腹ばいの格好で「ハヒハヒ」と言いながら口をパクパク動かしている。その横で、私は凍りついている、変な昼下がりだった。

【10月26日（土）】

脚本家の国弘威雄さんが亡くなり、お葬式に行った。母も知り合いだが、お通夜にだけ行くから、お葬式の日は娘を見てやれるというので、前日の夜、実家に連れていった。

朝、私が出かける準備をしている時、娘はまだ寝息を立てていた。喪服に着替えてベビーベッドをのぞき込むと、彼女は目を開け、泣きベソをかいた。普段は目覚めた時は機嫌がいいのに、真っ黒い服が怖かったのだろうか。

国弘さんは長年、膀胱《ぼうこう》がんと闘っていた。旧満州からの引揚者で、当時をたどるドキュメンタリー映画「胡盧《ころ》島大遣返《けんぺん》」を病を押して完成させたという話を、ファミリーレストランで取材していた時、彼は二時間ぐらい精力的にしゃべると、ビニールのバッグにたまった尿を捨てにトイレに立った。その壮絶な姿に頭が下がる思いだった。

最後まで立派だったなと皆が思う人だったから、涙ももちろんあったけれど、いいお葬式だった。帰り道、脚本家の鈴木尚之さんたちとお昼ご飯にうなぎを食べた。「死んでしまったら、うなぎも食べられなくてつまらないな」。ひとりがぽつんと言った。

【10月27日（日）】

実家近くにある母のなじみの喫茶店に娘を連れて行ってみた。娘にとっては初めての喫茶店。目を大きく見開いたまま、まばたきもせず、店内を見回していた。お店の人が声をかけてくれても、びっくりまなこで見つめるだけ。泣かない代わり、笑いもしない。静かにコップの中の氷が揺れるのを見ていた。

母と私で順番に抱っこして、急いでコーヒーを飲みほした。子どもの頃、よく母に喫茶店に連れて行ってもらい、静かで落ち着いた雰囲気に大人になった気分がして誇らしかったのを覚えている。娘ももう少し大きくなったら私と喫茶店に行ってくれるだろうか。

夕暮れ時の公園へ行き、ベンチに腰掛けて、男の人が犬にフリスビーの訓練をしているのを見た。でも、娘は大きな犬が走る姿には興味がわかないようで、しきりに顔を動かして、川コウモリが飛ぶ様子を追っていた。

親になって自分の記事を反省

【11月1日（金）】（㊉194日）

左のほっぺが赤くなってきた。急に寒くなった時期でもあったので、はじめはしもやけかあかぎれかと思ったが、右のほっぺもだんだん赤くなってきた。

育児本を読んでみると、アトピー性皮膚炎の症状に似ている。「まず、顔、特にほおが赤くなり、そのうち水をもってジクジクし、かさぶたがつくようになります」。「よだれや食べ物で汚れた顔や手はこまめにふいてきれいにしてください」とも書いてある。よだれの垂らし放題だったのがいけなかったのか……。

さらに、「卵、牛乳、大豆」が三大アレルゲンだとも書いてある。これは前に読んだことがあったが、すっかり忘れていて、実家に来てからというもの、豆腐をしょっちゅう食べさせてしまっていた。

ただ、かゆみはないようなので、よく分からない。とりあえず、豆腐を食べさせるのはしばらく止め、様子を見ることにした。「一昔前はアトピーなんて考えもしなかったのにねえ」と母が言った。心配だ。

【11月6日（水）】

両頬の赤みがますます強くなってきたので心配になり、皮膚科医院に連れていった。医師は娘の顔を見ると、「急に寒くなって乾燥しちゃったんですよ」と言った。

「アトピーの心配はないですか？」と質問すると、「ご家族にアトピーやぜんそくの方はいますか？」。「いません」と答えると、「それなら大丈夫でしょう。かゆみもないし、顔以外は赤くなってないし」と言った。「よだれや食べ残しをつけたままにしないように」という忠告と保湿クリームをもらって帰った。

安心した。つい「アトピーでは？」と不安になったのは、ちょうど、アトピー性皮膚炎に長年悩まされている女性のエッセー本を読んだからでもあった。治療法が明白ならまだしも、原因がよく分からないまま、食事制限やダニ・ホコリ除去といった作業をしなければいけないのは、精神的にも限りなくきついだろうと思われた。

【11月9日（土）】

今年一月に亡くなった「怪物弁護士」、遠藤誠さんの「お別れの会」に出席するため、夫に娘を預けて出かけた。誰に対しても優しく、慕われた人だけあって、六百人もの人が集まった。「お別れの辞」のためにマイクを握ったのは左翼、右翼、ゲイ、参議院議員と多種多彩の顔ぶれで、楽しい会だった。

久しぶりに顔を合わせた人もいたせいか、最近は別次元のことのように感じていた記憶がよみがえった。中でも強く思い出したのは、九八年、遠藤さんが永山則夫元死刑囚の遺骨を遺言に従ってオホーツク海に流す旅に同行した時のことだった。私がその同行記をもとに死刑制度に疑問を呈する記事を書いた時、読者の反響はすさまじかった。多くは「被害者の気持ちを考えろ」という内容だったが、記事の隅に載っていた私の顔写真について、「苦労をしていない顔だ」という指摘まであった。正直言って、当時は被害者遺族本人から言われるならともかく、そうでない人から顔にまで文句をつけられてもなあ、と不快だった。けれど、今はなぜか、「まあ、のん気な顔で腹が立ったんだろうなあ」と思える。

想像力がないと言われればそれまでなのだが、私は出産するまで、子どもの殺人事件があっても、実感が伴っていなかったと思う。もちろん犯罪を憎む気持ちはあったが、例えば、一歳の子が殺されても、その子がどのぐらいの大きさなのか、どのぐらい可愛いのかは分かっていなかった。死刑制度に関する意見は変わってはいないが、今ならもう少し、言葉を尽くせたかなあとも思っている。

子どもを産んで以降、自分の書いた記事と矛盾しているなあと思うことがほかにもある。手の指がなくて生まれた子の母親を取材した時、「『五体満足』が基本ではない」という内容の記事を書いたくせに、自分の娘が生まれた時は指の数を数えた。「家族のあり方は一つじゃない」とか、「非嫡出子差別と闘おう」なんていう記事を書いたくせに、自分はこの日記に夫がバツイチだと書いたことを、娘が生まれた今、後悔したりしている。

情けないことだが、これまで自分が取材相手の気持ちをどれだけ理解していたか、心もとない。

【11月13日（水）】

十二月の入所受け付けを控え、公立保育園の見学に出かけた。この日はちょうど地域交流会で園内を開放しており、私と娘、夫の三人が入っていくと、園児たちは庭でダンスを披露中だった。

「おさかな天国」に合わせたその振り付けは、私が小さかった頃の「お遊戯」とはだいぶ異なっていた。ヒップホップダンスみたいと言えばいいだろうか。前列では、おそらく上手だから選ばれたと思われる四人が踊っており、そのうちの女の子は「ＳＡＭか？」と見まごうほどにキレがある。後で聞いてみると、その子はダンス教室に通っているとのことだった。園児たちは全員がキビキビと踊っているわけではなく、あらぬ方向を向いて突っ立っている子もいた。

ダンスの後はゴザの上でママゴト遊び。私のひざの上に座っていた娘は、たちまち五、六歳の子たちに取り囲まれた。目玉焼きやトウモロコシのオモチャを「食べて」と次々に口に入れられたり、指を口に突っ込まれたりする。「やめて！」。私は叫んだが、とても手に負えない。娘はしかめ面でひたすら耐えていたが、そのうち、現実逃避のためか寝てしまった。

「普通の日に来ればよかった……」と思っているうちに、やっと園内見学の時間になった。保育士さんによると、この保育園では例年、「異動希望者」が優先されるという。空きがなく、やむをえず、別の保育園に通っている子のことだ。そんな仕組みもあって、「一歳児のクラスに入るのは非常に難しい」とのことだった。

思わず顔がこわばったが、保育士は「定員九人のゼロ歳児クラスは入れる可能性がある」と続けた。娘は四月二十二日生まれなので、四月一日の時点でゼロ歳児だ。母親がフルタイム勤務だと、パートタイムよりも優先順位が高いという説明もあった。少しほっとした。

半面、誕生月によって有利不利が出てきたり、パートで働く母親が増える中、フルタイムが優先されたりする現状はやはり、おかしいのではないかと思ってしまう。「求職中の場合はどうしたらいいのか」と質問していた人もいたが、勤め先が決まらなければ認可保育園への申し込み資格はなく、企業面接に行けば、「保育園を決めてから来て下さい」と言われるのが実情のようだ。これでは安心して出産できないではないか。


【11月15日（金）】


夕方、母に電話をして保育園の話をしたいと思った。でも、考えてみたら、母は伯母と海外旅行中だった。その時、ああ、母が死んだら困るだろうなあ、と思った。

先日、実家に行っていた時、母が「志津がどんなお母さんになるかちょっと心配だったけど、優しく育てているから良かった」と言った。私は「そう？」と答えただけだったが、心の中ではうれしかった。この年になっても、母からほめられることがこんなにうれしいなんて、と思った。

母はいつも私の憧れだった。私は母の意見を常に待っていた。その分、私が大人になってからの反発やけんかも相当なものだったが、ほめてもらいたいという気持ちは今も変わらず持っているのだった。

母は先日、娘に「綾ちゃんがもう少し大きくなったらケーキを焼いてあげるからねぇ」と話しかけていた。そう言えば、私が小さい時はよく作ってもらった。オーブンの中でケーキがキツネ色に焼きあがってきた時の幸福感といったらなかった。手作りのケーキ、イコール幸せなんて単純な図式を描くわけではないけれど、子どもの私にはケーキを焼く母の姿は素敵に映った。

私は娘に素敵に思ってもらえるだろうか。心配だ。

【11月18日（月）】

春日部市が十二月から「ファミリーサポートセンター」を発足させることになった。国の補助事業で、育児援助を受けたい市民に対し、援助したい市民が助けるベビーシッターのシステムだ。

対象になる子どもは生後六カ月から小学四年生まで。保育所や小学校の始業前や終了後、子どもを預かってもらえる。費用は平日午前七時〜午後七時まで一時間七〇〇円、平日の他の時間帯と、土日・祝日の午前七時〜午後七時までが九〇〇円、土日・祝日のそれ以外の時間帯が一一〇〇円という。民間のベビーシッター料金は大体一時間一五〇〇〜二〇〇〇円、最低二時間以上、などとなっているので、ずいぶん安い。

この日、説明会に参加し、会場の隣に設けられた保育室に娘を初めて預けてみた。「乳母車があれば持ってきて下さい」と言われ、乳母車ごと預けた。

一時間たって、迎えに行くと、娘は乳母車に乗ったまま、笑みを浮かべながら四、五歳の子たちが動き回るのを眺めていた。

保育士さんたちが口々に「全然泣かなくていい子だったんですよ」と言う。「最初の三十分は緊張した顔で他の子をじっくり観察して、それからは表情がやわらいでずっとニコニコしていたんですよ」

私は涙が出そうになった。泣いたり騒いだりした子は保育士さんに抱っこされたり、あやされていたのに、娘は大人から見て「いい子」だったために、ずっと乳母車に乗せられたままだったのだ。こういう場合は少しは手がかかった方が、目をかけてもらえたのに。ニコニコしていた娘が可哀想に思えた。

「ハイハイ」ができた

【11月22日（金）】（㊉２－５日）

生後七カ月を迎えた。離乳食の本によると、離乳期は「生後五カ月の初期から一歳三カ月の完了期まで」という。私は寝転んだまま、その箇所を見つけ、夫に言った。

「一歳三カ月に離乳食は完了するんだって。一歳じゃまだ完了してないから、私はもっと休んだ方がいいんじゃない？」

わが社には、一歳になった年の年度末まで育休を取れるという制度があるのだ（勤続年数には加算されない）。以前にも増して働くのが面倒になっている私に夫は言った。

「こいつは早く保育園で『おさかな天国』を踊りたいんだと思うよ」

夫のこの言葉は、説得力があった。私は娘が保育園でみんなに交じって踊る様を想像した。早くその姿を見たいと思った。

【12月2日（月）】

娘と一週間、また里帰りすることになった。距離が離れているので、私が職場復帰して時間の余裕がなくなれば、簡単に行き来できなくなる。娘がいないと夫は寂しがるけれど、「じいさん、ばあさんも孫に会いたいだろうから」と、このところは毎月一週間ほど里帰りさせてくれる。私にとっても「ジジババ孝行」は今のうちだ。

この週末、彼女はすっかりハイハイをマスターした。右、左、右、左と両手両足がスムーズに動く。のみならず、自分で座り、またハイハイを始めることもできる。自由自在に動けるようになったのだ。

この日も週末に続き、驚異的進化が始まった。こちらが手をパチパチと叩き、座っている彼女に「やってみて？」と言うと、手を叩くようになったのだ。こちらが叩くと満面の笑みを浮かべ、「やってみて？」と言われると再び手を叩く。娘とコミュニケーションが取れるようになったのである。「そんなこと、どの子でもやるよ」と言うなかれ。私たちにとっては初めての体験で実に感動的だった。人類が宇宙人と初めてコンタクトが取れ、友好条約を結んだ時はきっとこんな感じだろう。

ひとしきり感心した後で、ふいに「両親は私を育てる中で子どもの進化をすでに見ているはずなのに、何でいちいち驚くんだろう」という疑問がわいてきた。聞いてみると、「昔のことすぎて忘れてしまった」との答えだった。

【12月3日（火）】

今回の里帰りで母が一番がっかりしたのは、娘が「ゲー語」をしゃべらなくなったことだった。

ウサギやウマの小さなぬいぐるみを持てるようになった生後四カ月頃から、娘はそれらに向かい、しきりに「ゲ〜！　ゲ〜！」と話しかけるようになった。それはそばに誰もいない時に限られており、私たちに見られていることに気づくと、照れたように笑って止めてしまう。

自分のベビーベッドの中や部屋の隅で、ぬいぐるみを自分の顔の前で握りしめ、眉間にしわを寄せ、「ゲ〜！　ゲ〜！」と大声で叫ぶ様は、「何て言ってるんだろうね？」と私たちを不思議な気分にさせた。夫は「『私のそばを離れないでいなさいよ』と説教しているんじゃないか」と推測していたが、本当にそういう感じだった。前回の里帰りの際も、母からコーラのおまけのスヌーピー付きフタをもらったのだが、しばらくの間は警戒し、次に「ゲ〜！ ゲ〜！」とスヌーピーにカツを入れてから仲間に加えていた。

それを全く言わなくなったのは二週間ぐらい前からだろうか。理由は分からない。母は「もうこの子は人間になっちゃったんだね。人間になっても面白いことはないよ」と娘に話しかけていた。何かいやなことでもあったのかもしれない。

【12月7日（土）】

ハイハイで自由自在に動けるようになった途端、無性に甘えてくるようになった。これまでは、いつまでもあお向けのまま一人遊びをしていたのに、私が寝っころがって仕事のビデオを見ていると、「ヒン、ヒン」と鼻を鳴らしながら、私の体に頭を押しつけてくる。いちいちムツゴロウさんのように「よーしよしよし」と頭を撫でなければならない。彼女に視線を向けずに、ビデオを見続けていると、泣きべそをかきながら、体によじ登ってくる。ずっと自分を見ていてもらいたいようだ。産休に入る前、「休業中も映画評を送ってくれると助かる」とデスクに言われたため見ているのだが、とても見続けられない。

【12月9日（月）】

「育児休業基本給付金支給決定通知書」が公共職業安定所から送られてきた。休業中、賃金月額の三〇％が支払われる。

先月、朝日新聞に二十七歳の女性フリーライターの投書が載っていた。「不可抗力で子供ができない人も産休や育休の保険料を払わなければいけないのは不平等」という内容だった。数日して二十七歳の主婦の反論「子供なくても負担共有して」が掲載された。「子供といっても将来、税金を納め、社会制度を支える側の人間になる。逆に子供のいない方のほうが、老後に公的サービスを利用する可能性が高いのでは」という内容だった。

この手の論議は、もともと関心がないからか、男性からはあまり聞かれない。たいてい、女性の既婚者、独身者や、出産した人、しない人の間で意見が分かれる。論議自体は悪いことではないけれど、でも、女性同士が割れるのは残念なことだと思う。出産してもしなくても、産むのは女性なのだから。

会社では、独身の女性のこんな声を耳にしたこともある。「育休中に勤続年数の加算まで求めるのはおかしいと思うんだけど」。子どもを持つ別の女性が「勤続年数は賃金や退職金に影響するのよ」と反論していたが、私は当時、まだ結婚しておらず、育休制度の詳細も知らなかったので、「へえ、休みなのに勤続年数が加算されたら面白くない人もいるよな」と思ったり、「退職金に影響するならそりゃ困るよな」などと思ったりしたものだった。

ちなみに、わが社の組合の女性部が〇二年に出した部報によると、勤続年数が加算されないのは新聞社の中で一割ほどだという。また、「育休中の給与支給」を勝ち取っている新聞社もあった。全下野、琉球、沖縄、熊本日日などの地方紙で、いずれも、基準内賃金や基本給の一部が支給される形だった。

【12月11日（水）】

夫が保育園の申し込みに行った。帰宅した夫に聞くと、一月に面接があり、子どもの発育状況を調べられるという。申し込み人数が予想より多かったため、もともと設けてあった面接日では間に合わなくなり、急きょ、期間を延ばしたらしい。やはり希望者は多いのだ。それに、発育状況のチェックとはいえ、私は面接と名の付くものは大の苦手である。無事に入れるだろうか……。

【12月30日（月）】

妊娠前の私のパンツはもはやはけなくなってしまったので、隣町にある大手スーパーマーケットに夫と娘と出かけた。閉店セールのチラシにちょうどよさそうなパンツが載っていたのだ。

到着すると、「二十九年間のご愛顧ありがとうございました」という垂れ幕がかかっていた。これまではいつも空《す》いていたので快適だったのだが、この日はこれまででダントツの数の客が詰めかけていた。自分も含め、全員ハイエナのようだ。

パンツを買った後、男性従業員に夫が「閉店後は近くの店に移れるんですか？」と尋ねた。

「そのはずですけど、どこに行くかはまだ決まっていないんですよ。近くに行ければいいですけど、店は全国にありますから……」

私は今月、少ないながらも有給休暇分の冬のボーナスをもらえた。正月を前に職場の決まらない不安はどれだけのものか。自分の今の恵まれた立場を肝に銘じないとバチがあたる。

【12月31日（火）】

今日で二〇〇二年も終わり。去年の今頃は、こんな生き物がこうして目の前にいるとは想像もできなかった。出産前は、子どもがいることで自分の生活は縛られてしまうのではないかと思ったこともあったけれど、今はもう娘の存在なしの生活は考えられない。つくづく不思議だ。

今のところ、健康に恵まれ、無事に育っていることを感謝したい。出産の時、陣痛が自然に起こり、体が変化した体験を思い返したり、その後も何も教えないのに成長していく娘の姿を見るにつけ、自然の摂理を考えずにはいられない年だった。ほんのありふれた幸せかもしれないけれど、幸せとはこういうものかと知った年だった。

なぜ私は働くのだろう

【03年1月14日（火）】（＋268日）

保育園の面接に行った。発育状況をチェックするのだそうだ。どんなふうにするのかと思っていたら、娘はまず二人の年配の保育士さんの前でゴザの上に腹ばいに置かれた。私と夫も同じゴザの上に座っていたのだが、娘は腰が抜けた状態というか、頭だけかろうじて上げ、硬直したまま二人の保育士さんを交互に見た。保育士さんは「綾ちゃんていうんだねとか「四月生まれなんだね」などと話しかけた。しばらくして、娘は唇をプルプルと震わせたかと思うと、大声で泣き出した。涙がポタポタと落ち、鼻水も垂れた時、保育士さんが「ごうかくーぅ」と言った。

保育士さんによると、「泣かなければいけない」のだそうだ。娘は私のひざの上に座ると泣きやみ、それからも保育士さんの顔を見つめ続けた。「綾ちゃんと離れてお母さんが平気でいられるようになるよりも、早く保育園に慣れますよ」と保育士さんが言った。

今ひとつよく分からない面接ではあったが、「合格」と言われたのでひとまずよかった。

【1月20日（月）】

娘がほとんど昼寝をしなくなったため、以前にも増して、何もできない。寝たとしても、一時間もしないで起きてくる。そのすきにと片付けなどをしていると、昼寝タイムはあっという間に終わってしまう。

床に新聞を広げて読んでいると、必ず新聞の真ん中に座る。まるで飼い猫のように。本を読もうとすると、取り上げてクシャクシャにする。映画評を書こうとビデオを見ても、横で声を発するのでセリフが聞こえない。もしくはリモコンを奪ってなめる。自宅には会社から毎週、「出稿表」がＦＡＸされてきて、私の原稿予定はすでに組み込まれているのであせる。台所に立つと、足にしがみつく。そのうち私がはいているジャージのパンツがずり下がってくる。「もうどうにでもして」という感じだ。

【１月25日（土）】

昼、床の上に新聞を広げて読んでいると、娘が背中に抱きついてきた。そのまま私の体をつたって今度は前にまわり、首にしがみついた。柔らかな重みを感じながら、じっとしていた。このまま時間が止まればいいと思った。

小さな子どもを預けて働くことに「子どもが可哀想」と反対を唱える人がいるが、それもさもありなんという気が、最近はするようになった。保育園に預けたからといって、実は別に子どもは可哀想ではないし、母親に限らず、いろいろな人から自分は愛されていると子どもが感じることが大切なのだ、ということは分かっている。でも、育ててみると、一歳はま

だまだとても小さい。自分の目から離れた場所に置くのは可哀想な気がするのも事実だ。なのに、どうして自分は働くのだろう。

私はこれまで自分なりに一生懸命、仕事をしてきたつもりだし、いくらかの自負もある。数は少ないけれど、私の記事を好きだと言ってくれる人がいて、その声を励みに書いてきた。でも、私の代わりなど、実はいくらでもいることも知っている。私がいなくても、会社も世の中も回っていくのだ。

それではなぜ、かけがえのないわが子のそばから離れてしまうのだろう。

考えるに、私には格好のいい理由はない。アトランダムにあげると、「仕方がないから」「育児休業制度は一年と決められているから」「働かなければ生活できないから」「自分の食い扶持は自分で稼ぎたいから」「仕事をしていると時折、面白いことがあるから」「せっかくの職をいったん手放すと、再就職は難しいから」……。

よくマスコミでは仕事に生きがいを感じている華麗な働く女性が登場するが、私の場合、娘が大きくなって、こんな後ろ向きの理由で働いてきた私を好きでいてくれるのかなあと思うと、自信がない。

だが、多くの人にとっては、本当のところは働く理由はこんなものではないか、とも思う。みんな、自分の代わりはいるということは、分かっているのではないか。だから、ポストにしがみつくことに、汲々となったりもするのではないか。

私が夫に「綾をそばでずっと見ていたい」と言うと、彼はいつも「俺だってそうだよ」と言う。それでも夫は働いている。人は働かなければいけない。思い通りに人は生きられない。


【2月7日（金）】


小学・中学時代に仲の良かった友人から手紙が来た。娘を見るため、先日、わが家に来てくれ、十年ぶりに会ったのだ。「すくすくと育っている綾ちゃんを見ていると『そうだ、もしかしたら彼女が感じている通り、世の中はまだまだ捨てたもんじゃないのかも……』と気づかされました」と書いてあった。「綾ちゃんにじっと見つめられると、『こんな私でもまだ使えるかしら？』と神妙な気持ちになった」とも。

実は彼女とは、十年前に彼女が結婚して以来、疎遠になってしまっていた。子どもが生まれたことは風の便りに知っていたのに、連絡を取らなかった。なぜだったかと考えると、専業主婦になった彼女とはもう話が合わなくなってしまったかもしれないという恐れと先入観があったのだと思う。私は働き続け、彼女は家庭に入って幸せそうに見えた。もしも私について尋ねられても、どんなふうに答えたら「特に不幸せではない」と分かってもらえるか、自信が持てない気がした。

けれど、今は、物事はそんなに単純ではないということが分かる。彼女は離婚を考えてまた働き始め、私は子どもを産み、お互いの環境はまた変わったが、話してみると、お互いの中身は中学時代とあまり変わっていないと感じられた。むしろ、あの頃持っていた芯が、ますます顕著になってきたのではないかと思う。例えば、私の好きだった彼女の潔癖さは「世の中、生きにくいだろうな」と思うほどにさらに磨きがかかっていたし、彼女は彼女で私のことを「全然変わっていない」と言っていた。

【2月9日（日）】

出産した病院で知り合った人がメールをくれた。「十五年近く勤めた会社を退職した」という。二人の子のお母さんで、一年間の育休後に復帰するはずだった。

理由は詳しく書かれていなかったけれど、おそらく一つではなく、いろいろな条件が重なっているのだろうと思う。それにしても、読者からいただくメールに目を通しても、育休から復帰後に退職する人が多いのに驚かされる。

二十代の頃の私は、結婚・出産後に退職する女性の話を聞くと、実はこう思っていた。「頑張って働き続けてくれないと、オジサンたちに『だからやっぱり女はダメなんだ』と言わせる口実を与えてしまうじゃないか。迷惑だ……」

今、考えると、われながら何と無知だったことかと赤面してしまう。今の私なら、辞めようとする人が「頑張って働き続けたら」と他人から声をかけられたとしたら、「どうして女性ばかり頑張らなければならないの。辞める人は楽がしたくて辞めるのではない。辞めざるをえないから辞めるのだ」と代弁したくなるだろう。

読者のメールの中には「育休期間の延長、勤務時間の短縮、勤務形態の変更などがあれば、辞めなかったかも……」とか、「働く母親がもっと優遇される環境を望む」という意見があった。「頑張れ」と励ますのは、職場の環境が整ったり、理解が深まったりした、その後のことだと思う。

母に尋ねてみた。「なぜ、私は子どもを預けて働くんだと思う?」。母は「そんなの簡単じゃない」と答えた。「自分のためよ。それがひいては子どものためにもなる」

「でも、どうせ綾が大きくなったら、私のことを批判したりするようになるんじゃない?」

私がそうブツクサ言うと、母は「この子はいい子だからそういう人間にはならない」と言った。何だかよく分からないが、やけに自信たっぷりの口調だった。

【2月17日(月)】

また人事異動の季節がめぐってきた。

一年前を思い出した。大きなおなかを突き出して、フーフー言いながら会社の廊下を歩いていた感覚とともに、あの頃はあまりにも不安すぎて、深く考えないようにしていた出来事がよみがえってきた。

昨年の今頃、夫は転勤を言い渡され、私は産院を新たに探さなければならなくなった。今になってみると、よく乗り切ったものだとわれながら思う。

もちろん人事を動かす人たちに悪気はなかっただろう。会社という組織にとっては、出産が、女性と子どもにとって、死ぬこともある重大事だなんて、想像もつかないことなのかもしれない。こんな話をすると、夫は決まって、「会社というのはそういうものだ。個々の家庭の事情を考え始めたら、人事異動なんてできないんだから」となだめにかかる。でも、それは男社会の発想でしかないと思う。

出産を終え、体がもとに戻って、弱者ではなくなった今だから余計にそう思う。あの頃は、怒るよりも先に、自分の身を守るのに必死だったから。

【２月19日（水）】

十カ月集団検診に行った。会場に入り、シャツとオムツ姿になり、体重計に乗せられたところで娘は泣き出した。身長と頭の大きさを測った後、今度は保健婦さんのところへ行った。保健婦さんがニッコリして迎えると、娘は私のひざに突っ伏し、号泣した。

別に注射をされるわけでもないし、他の子はほとんど泣いていないのに、わが娘だけはいつまでもいつまでも泣き続けた。

「四月から保育園なんです」。私は涙が出そうになった。

「お母さんは寂しくなっちゃいますね。今のベタベタを大切にして、保育園に行っても、家に帰ったらベタベタさせてあげて下さいね。保育園では子どもは子どもなりに気を遣っていますから、家では忙しいでしょうけど甘えさせてね」

「気を遣うんですか……」と聞き返しながら、娘が気を遣っている姿が頭に浮かび、また涙が出そうになった。会場にいる人たちはみな楽しそうにしているのに、私と娘だけが情けなかった。

第5章　仕事に戻る

月曜日から働くべきか？

【2月20日（木）】（＋305日）

週末、夫が友人と急にスキーに行くことになったので、私と娘は実家で過ごすことにした。

ところが、両親は喜ぶと思いきや、「いつ帰るのか？」と聞く。十日前に別れたばかりだし、孫の顔を見るのはもちろんうれしいけれど、急に来られても、父も母も仕事の調整をつけなくてはならないのだ。

以前から、私は母に「何か困った時は助けるけれど、あなたたちだけで頑張りなさい」と言われていた。六十歳を過ぎても仕事を持っているのは私にはうらやましいことだし、二人の人生はわれわれのものとは違うのだから、私も両親に孫の面倒を見させるつもりはなかった。私の友人の多くも、あまり親には頼りたくないというタイプが多い。

だが、社内に目を向けると、子どもを持つ女性社員は自分の親や夫の親と同居しているか、近くに住んでいるケースが意外に少なくない気がする。もちろん、個々の家庭の問題なのだからとやかく言う筋合いはない。けれど結局、「親が面倒を見たり、女性が仕事を離れて子育てに専念したりすれば、すべてがうまく運ぶ」という図式は永遠に崩れないのかなと思ってしまう。身内の援助がなくても、外で仕事をしながら苦労せずに子育てできるような社会になってほしい。

【2月21日（金）】

二月中旬といわれていた保育園入所受け入れの通知が来ないので、夫が役所に聞きに行った。担当員は書類を確認したうえで、「大丈夫ですよ」と言ってくれたという。通知の到着はまだだが、とりあえずこれで決まりとみなし、学芸部長に復帰の日程についてメールで打診した。

当初は人事異動が発令される四月一日に戻ろうかと思っていたが、「ならし保育」のことや、今年は統一地方選が四月にあるため、実際の異動は五月一日になることを考慮し、この際、娘の誕生日である四月二十二日にしようと考えたのだ。

夕方、部長から「二十二日で結構です」という返事が来た。これで復帰日が決まった。本当は二十二日は火曜日なので、夫からは「普通だったら月曜から行こうと思うんじゃないの？」と言われたが、聞こえないふりを通した。いずれにしても復帰まで、あと二カ月か。

【2月23日（日）】

友人が流産した。待ち望んでいたのを知っていたから、何と声をかけていいのか言葉に詰まった。

周囲の人からそういう話を聞くのは初めてだった。でも、それは私が妊娠について無関心だったから、誰も私に話そうという気にならなかっただけなんだろう。本当は流産のつらさを味わったり、不妊治療をしていたりという人は結構多いのだということに、最近になって気づいた。

「初期の流産は母体のせいじゃないって言うから、気にしないで」。そんなことしか言えなかった。

【2月25日（火）】

映画関係者の集まりに出かけた。例によって一カ月ほど前からこの日のお守りを夫に予約しておき、夕方、バトンタッチした。

気の合う人たちと、ああだこうだと映画の話をするのは、私にとってこの上なく楽しい時間だ。話しているうちにいろいろなネタも集まった。ああ早く記事が書きたい、学芸部に赴任後、四年目にしてやっと手に入れた映画担当という念願の仕事を、もっと大事にして頑張ろうとエネルギーがわいてきた。

以前は飲み屋でそのまま始発電車を待つということもあったが、今はそうはいかない。最終電車で家路についた。午前二時、夫は一人、洗濯物をたたんでいた。娘はとうに寝ていた。「俺一人で風呂に入れた」と言う。

「お風呂から上がる時、自分の体はどうやって拭いたの？」と聞くと、「拭けなかった」。いつもは私が風呂場の入口で娘を受け取り、服を着せるのだ。夫が孤軍奮闘している様を想像したらおかしくなった。彼は家で仕事をするつもりだったらしいが、「結局、何もできなかった」と苦笑いしていた。

子育てに不利なキャリア・パス制度ができた

【2月26日（水）】（㊉2－1－1日）

保育園の入所受け入れの通知が来た。来月中旬に説明会があり、入所式は四月二日という。入所式ってどんななんだろう。入学式みたいなのだろうか。緊張する。

せっかく保育園に入れたのに、心配性の私の頭には次の懸案が浮かんだ。夫のここでの任期はおそらく二年なので、来春はまた転勤だ。保育園を移らなければならない。都内の自宅に戻れると仮定して、今秋、地元で申し込みをすればいいんだろうか？　ちゃんと入れるかしら？　転勤族の共稼ぎの人たちは、保育園問題をどうやって乗り越えているのだろう？

【3月1日（土）】

バイバイができるようになった。夫が出かける時はもちろん、行ってしまった後も、戸に向かってしばらくの間、手を振っている。バイバイをしているのに、夫の姿はもうなく、褒めてももらえない。そのためかどこか寂しそうな表情で戸に向かって手を振り続けている。保育園に預ける時も、こんな顔でわれわれを見送るのかと思うと、可哀想になってくる。

【3月2日（日）】

夜、テレビを見ていたら、「女性の間に高まる起業熱」というテーマで特集を組んでいた。その中に登場していた一人が「女性は結婚や出産などで生活が変わると、会社のルールを守れなくなってしまう」と話していた。「だから、起業」というわけだ。番組はそのリスクにはほとんど触れていない点で物足りない面もあったが、「ルールを守れなくなってくる」という言葉には共感した。

例えば、わが社では最近、「キャリア・パス制度」というものが始まった。わが社には東京、大阪、西部、中部各本社と北海道支社があり、このうち二本社と二局（編集局と出版局など）以上で勤務しなければ、副部長以上には昇進できないという制度だ。

「別に社長になりたいわけじゃないから関係ないや」と思っていたら、昇進はすなわち給料に大きく関わってくるのだという。だとすれば話は別だ。私はまだ東京本社と編集局しか経験していないので、早いうちにこのハードルをクリアしなければならない。けれど、親になった今、それをどうやってクリアすればいいのか、考えてしまう。クリアしたからといって、必ず副部長になれるわけではないこともまた悩ましい……。

一部の女性社員の間で、一時期、「この制度は結果的に女性の昇進差別につながるとアピールしよう」という声が上がったこともあったが、すぐ立ち消えた。すでに条件をクリアしている人もいるので、その立場から見れば不公平に感じられるからだ。最近では、妊娠すると「異動逃れ」とささやかれることとすらあり、不況も影響しているのだろうが、人間関係にも余裕がなくなってきた気がする。

といっても、会社員である以上、ルールは守らなければいけない。考えてみれば、私自身、入社試験の面接で「どこにでも行きます！」と言った覚えもある。あの時は子どもがいる自分なんて考えもしなかったのだ。しかし、今となっては、簡単にどこにでも行けるものでもない。この先、どのタイミングで異動すればいいのか（どのタイミングで異動を命じられるのか）、それを考えると、頭が痛くなってくる。

なのだが。

【3月3日（月）】

ひな祭りのお祝いをした。といっても、おひな様と桃の花を飾って娘の写真を撮っただけなのだが。

おひな様は実家にあったものを、十数年ぶりで出した。箱のふたを開ける時、虫にくわれていないかドキドキしたが、おひな様は変わらず静かな微笑みを浮かべていた。

この人形はおひな様とお内裏様の二人組だ。一見、寂しいけれど、顔も着物も悪くないので、母は豪華な五壇飾りを買う気にはならなかったという。

でも、一度だけ、五壇飾りがそなえられたことがあった。小さい頃、私はのどが弱く、しょっちゅう熱を出して幼稚園や学校を休んでいた。病院で「気管支拡張症」と診断され、「治りません」と言われたその年、母はすでに成人していた従姉から年季の入った古い五壇飾りのおひな様を借りて、飾った。狭い部屋でたくさんの人形がひしめいていたのを今も覚えている。

不思議なことに、熱を出すことがその日を境に少なくなった。五壇飾りはお役御免となり、翌年からはまた元のおひな様に戻った。

そんな私の思い出など知るよしもなく、娘は写真を撮る際、おひな様を不法侵入者を見るような目つきで眺め、泣きべそをかいていた。

布オムツじゃないといけない?

【3月6日(木)】(⊕3-9日)

一歳の子を持つ友人が、今年に入って働き始めた。派遣社員として働いていた会社を出産後に辞めたが、そこから「また来てくれないか」と打診されたのだ。

彼女からのメールがぷっつり途絶えた。「どう?」と様子伺いをするけれど、返事は来ない。しばらくしてようやく届いた。「やっぱ大変だわ。常時何かに追われている感じ。家ではパソコンを開く時間はなかなか作れない」と書いてあった。

「保育園のお迎えがあるから絶対に残業できないし、今夜、子どもが熱を出したら明日休まなければならないと思うと、仕事を残して帰るわけにもいかず、昼休みを削るしかない。子どもは毎週風邪をひくので、ベビーシッターに来てもらうのだけど、その費用と私の日給プラス交通費はほとんど同額」という。

彼女は四月に引っ越すことになっており、その地域にある保育園への入園を申し込んでいたのだが、選に漏れてしまったという。「派遣は優先度が低いと知ってはいたけど、不合格通知とか不採用通知をもらった気分」とがっかりしていた。とりあえずマンション内の託児

所に預け、納得がいかなければ、また仕事を辞めることになるという。

【3月8日（土）】

「カタカタで歩くようになったよ」と実家に電話で報告したら、父、母、従兄が見に来た。知人からいただいた「カタカタ」を部屋の隅に置き、娘をつかまらせると、娘はすっくと立ち上がり、反対の隅でカメラを構える父に向かって、満面の笑みを浮かべながら大股で突進していった。目にも留まらぬ速さのため、シャッターを押す間もないほどだ。

再び、「カタカタ」を部屋の隅に持っていき、つかまらせる。「シャーッ、シャーッ」とへビのような声を発しながら、娘は何度も何度も往復した。

久々のギャラリーの多さに娘は張り切り、バイバイやパチパチ、アワワ（手を口にあてる）と数少ない芸をえんえんと続けた。それから、自分のおもちゃを父に渡し、戻してもらい、今度はそれを母に渡し、戻してもらい、今度はそれを従兄へ……という動作を永遠に続くかと思われるほど繰り返した。いつもはこれを私とだけ一日三百回ぐらい続けているので、私はとても楽だった。

夜、彼らが帰り支度を始めると、それまで大ハッスルしていた娘はぼんやりした表情で見つめた。「バイバイ」と言われてもやらない。

「この子はまだバイバイの本当の意味は分かっていないのね。綾ちゃん、バイバイはさよならの意味なんだよ。お別れなのよ」。母は一人で言って一人で涙ぐんでいた。

【3月9日（日）】

おひな様を片付けた。「しまうのが遅くなるとお嫁に行きそびれる」といわれているので、一般的には早く片付けるのだろうが、私は娘があまり早く結婚してしまわないようにとの願いを込め、先送りにしていた。が、あんまり遅くなっても悪いので、この辺で手を打った。

私は両親から「無理に結婚することはない。一人で生きられるようになりなさい」と言われて育てられたが、私も娘にそう言いたいと思う。というより、結婚しないでほしい。いつまでも家にいてもらいたい。

今まで干渉されると「子離れしていない」などと親を批判してきたが、「申し訳なかった」と謝りたい気持ちだ。

【3月10日（月）】

わずか十秒ほどだが、立てるようになった。「立った、立った」とこちらが喜ぶと、目をクリクリさせながらまた挑戦する。何回も繰り返しているうちに、しゃがんだ状態から立ち上がれるようにもなった。立つ前に必ず、「これから立つわよぉ」とニンマリするのが可愛い。立っていることが自分でも不思議みたいだ。うれしくてうれしくてたまらないようだ。

【3月11日（火）】

ファミリーサポートセンターの顔合わせに行った。午後七時までの保育園の延長時間が過ぎても私が帰ってこられない時、娘の面倒を見てくれる女性が現れたのだ。私の場合、その日の状況によって終業時間が異なるため、「毎週○曜日の○時にお願いします」と前もって決めることができない。当日の依頼になるので、受けてくれる人が現れるかなあと思っていたが、木曜以外は基本的に大丈夫という。その女性のお宅は夫の職場にも保育園にも近く、便利そうだ。


【3月12日（水）】

保育園の説明会に行った。娘が入るのはゼロ歳児クラス「すみれ組」。定員は九人だが、四月からの入園は娘を含め四人だけという。四月生まれの娘は一番年長のはずだが、一番小さかった。やけに赤ちゃんぽくも見える。他の子たちは長袖シャツとズボン姿でもういっぱしの「子ども」みたいなのに、娘だけはつなぎのベビー服を着ているせいかもしれない。

説明会は三歳児以上の子どもと保護者も一緒。走り回るお兄さんお姉さんたちを見上げながら、娘は最初、ぼう然と座っていたが、そのうち楽しくなってきたらしく、オモチャのショートケーキをなめたり、お姉さんがきちんと積み上げたオモチャのお皿の山に近よって、わざわざ崩したりして遊んでいた。

調子の出てきた娘とは裏腹に、私は持ち物の説明を聞き、憂うつになってきた。保育園に常時置いておくのは、敷布団カバー二枚、毛布カバー二枚、衣類二組、タオル三枚、オムツ十個などで、「カバーは指定の大きさで作って下さい」という。

実を言うと、私は中学生の頃、家庭科の裁縫が面倒で、提出物を全部、祖母に縫ってもらっていた。祖母は昔、洋裁店を営んでいたので、祖母の手にかかれば提出物はいつも次の瞬間に魔法のように美しく仕上がっていた。

だが、問題は布団カバーだけではなかった。「オムツ交換の時、おしりは布オムツで拭きますから、布オムツを常時五枚用意して下さい。汚れたら持って帰って洗って下さい」という。私は尋ねた。「市販のおしりナップじゃだめですか？」。保育士さんは答えた。「布の方がいいですね」。他のお母さんたちの様子をうかがうが、動揺しているのは私だけのようだ。自分一人のために話を中断させてはいけないと思い、それ以上、食い下がることはできなかった。

帰宅後も布オムツの問題は私を憂うつにさせ続けた。時間のある今でさえ、布オムツを使っていないのに、復帰後、毎日家に帰ってからオムツを洗わなければならないとは……。汚れはすぐに落ちないから漬け置いておく必要があるだろうし、集合住宅に住んでいるので夜、洗濯機を回すことはできない。毎日、毎日、いかにしてウンチのついた布をきれいにするかを考えていたら、ストレスで胃に穴があいてしまいそうだ。

私が不満を並べ立てていると、夫は「決まりなんだから洗うしかないんじゃないの」と言った。私が「じゃあ、そっちがオムツ洗い係ね」と言葉を返すと、夫はムッとした表情で黙った。

母であること

【3月13日（木）】（⊕326日）

前日、知り合いの先輩ママたちに「保育園では何でおしりを拭いていたか」とメールで問い合わせていたら、ぞくぞくと返事が届いた。

「怒っちゃだめだよ。こっちの保育園はおしりナップを使っていたけど」「ウチはおしりナップ。布で拭くなんて驚き！　でも、我慢した方がいい」。何だかみんな、私が困っているのでうれしそうだ。

だが、午後になって懸案は解決した。危機感を抱いた夫が役所に電話して「おしりナップを使ってはいけないのでしょうか」と聞いてみたところ、「構いませんよ」という答えが返ってきたのだ。何だ、絶対、布オムツじゃなきゃいけないというわけじゃなかったのだ。

「母親なのだからウンコのついた布オムツをきれいに洗えるように修業しろ」と言う人もい

るかもしれないが……。

【3月16日（日）】

保育園入所の準備をしようと新聞折り込みのチラシを見たら、あちこちで「入園・入学バーゲン」が繰り広げられていた。あるチラシには「ママの手作りバッグで楽しく始めよう！」と書いてある。バッグや弁当袋、防災頭巾、お昼寝セットなどが「お母さんの手作り風」にそろっているのだ。「お父さんの手作り」だっていいんじゃないかと思うが、いずれにしても、「手作り」という言葉への奇妙な強迫観念が存在するような気がする。

チラシを握りしめ、近くのスーパーマーケットへ出かけた。豊富な品数に一瞬、「これで楽勝」と思ったものの、そうはいかなかった。保育園の説明会では「敷布団カバーは八〇×一三〇センチ、掛布団カバーは九〇×一二五センチで作って下さい」と言われたのに、市販のサイズはそれぞれ七〇×一三〇センチ、九〇×一四〇センチなのだ。

「どうしようか」。私に夫が即答した。「大は小を兼ねる。掛布団カバーを敷布団用に使えばいいんじゃないの」

夫も私と同様、いい加減な性格でよかった。結局、掛布団カバーばかり六枚買って帰った。

【3月18日（火）】

大学時代の友人が山形から上京してきた。娘と出産予定日が同じだった牛を飼育している友人である。十年ぶりの再会だ。七歳を筆頭に三人の子どものお母さんで、私より百倍はたくましく見える。

「これからは母であることをやめる時間を作って、年に一度ぐらいはこんなふうに上京しようと思うんだ」

彼女の言葉に、私も、もう一人の独身の友人も尊敬のまなざしを向けた。「母であること」。何て立派な言葉なんだろう。

私は読者からのメールを思い出した。私が夫が夜遅く帰ってくるまで娘を風呂に入れるのを待っているため、「甘えている。風呂ぐらい一人で入れたらどうか」と指摘する内容だ。「そりゃ甘えてるわ」。彼女は三人の子どもを一人で入れているという。同席していた彼女のお母さんも笑っている。彼女のお母さんもまた三人の子どもを一人で入れた。

私の母は、私の父が夜遅く帰ってくるのを待って、私を風呂に入れた。こういうのは遺伝するのだろうか。でも、私もこれからは友人のようにたくましい母親になろうと思う。

「母であるためにどうしてきた？」。私は尋ねた。

「酒を飲まないように我慢したんだよ。酔いつぶれられないからさぁ」。何だ、そんなことか。力が抜けた。しかし、相当な酒飲みだったから、彼女には苦難の道だったであろう。

【3月20日（木）】

米英軍のイラク攻撃が始まった。朝、起きると、娘が鼻水をたらしていた。昨日、保育園入園前の健康診断を受けに行って裸になったから風邪をひいたのだろうか。熱もなく、機嫌も悪くないが、ミルクを飲むのに苦しそうだ。平穏なこちら側で、鼻水をたらされるだけでも「可哀想に」とうろたえる私には、空爆におびえる子どもたちや親の恐怖が理解できるはずはない。想像を絶する恐怖だろうと思う。

【3月22日（土）】

友達が八歳の子どもを連れて遊びに来た。娘が生まれてから、私はこれまで出産した友人から「赤ちゃん見に来て」と言われても、わざわざ訪ねる時間を作らなかったことを思い出す。特に理由があるわけではなかったが、そもそも面倒くさがり屋なせいもあり、「ついでがあったら行こう」ぐらいの気持ちしかなかった。でも、今は思う。自分の子どもって、見てほしいのだ。「可愛い」などと言ってもらいたいのではない。自分の分身みたいなものだから、友人にも知り合いになってほしいと思うのだ。

友達の娘とも、私は今まで会ったことがなかった。明るくておっとりした、いい子だった。娘は彼女がオモチャのラッパを高らかに吹く姿を、憧れのまなざしで見上げていた。

娘はこの日で生後十一カ月になった。夫が娘に朝ごはんを食べさせながら、話しかけた。

「この一年、どうでしたか？　去年の今頃はまだおなかの中にいましたねぇ。今はもうこんなに立てるようになりましたねぇ。楽しかったですか？」

歩いた！

【3月27日（木）】（＋340日）

週末から実家に来ている。四月からはもう頻繁に行き来できなくなるので、最後のジジババ孝行をするためだ。

午後八時半。一歩、歩けた。立ち上がり、両手を高くあげ、「これから歩くよぉ」という顔をしたと思ったら、一歩前へ踏み出した。うれしそう。歩くということは、無意識のうちに、いつの間にかできるようになるものなのかと今まで思っていたけれど、そうではないということが分かった。その時期が訪れ、固い意志を持って、一歩踏み出すのだった。だから、彼女も目を丸くして喜んでいるのだ。

言葉もたくさんしゃべれるようになった。「エメ？」「ナ？」「アブエバナー？」。何と言っているのか知らないが、一丁前に「ごはん食べるぅ？」とでも聞いているようだ。これまではゴミ箱をいじった時にこちらが「ダメ」と言っても、意味が分からずただ笑っていたが、泣きべそをかくようにもなった。首をかしげて「ねぇー」とポーズを取って愛想を振りまいたり、靴下を履こうともする。何だか急速に頭がクリアになってきたみたいだ。

【3月30日（日）】

自宅に帰るので、娘は父と当面の別れのお風呂に入った。父は湯船の中で「こんなに小さいのに保育園なんて……。何が『すみれ組』だよ……、なぁ？」と話しかけていた。断っておくが、父は私が保育園に娘を預けて職場復帰するのを非難しているのではない。どちらかと言えば、外で働く女性を応援する人だ。でも、それとこれとは話が別。可哀想という気持ちはどうしても抑えられないようなのだ。

【3月31日（月）】

昼間、娘が眠くなって、抱っこしてほしいと少しぐずり出した。いつもなら放っておくが、明後日から保育園に行くと思うとつい抱き上げたくなった。そのまま用事をしに洗面所へ行ったら、鏡に映った私たちの姿を見つけて、娘が笑った。その笑顔を見ているうちに、泣けてきた。

こんな表情の移り変わりをずっと見ていたいのに、もう見られない。ちょこんと正座して、丸い缶のふたを一心不乱に観察する後ろ姿を、愛しいと思うのは私と夫と父母など、ごく限られた身内だけだろう。保育園に行けば、娘はその他大勢のうちの一人にすぎなくなる。

「三歳児神話」など信じちゃいないし、娘はいずれ保育園に慣れるだろうと思ってはいるが、やはり、この子にしてみたら、母親と四六時中一緒にいる今が自然だと思う。友達の必要性だって感じていないはずだ。

それにも増して、初めて保育園に一人置かれたら、娘はどんなに心細いだろう。そこが保育園だという認識もないままに、母親と引き離されてしまう時の不安を察すると胸が張り裂けそうになる。親としては子どもには少しの不安も感じさせたくないと思っているのに……。

夕方、夫から電話が来たので、「保育園のことを考えて泣いていた」と言うと、「こいつは保育園をすぐ気に入ると思うよ」と言った。この期に及んだら、そうなることを祈るしかないのだろうか。

保育園は恐怖の館？

【4月2日（水）】（㊉346日）
保育園入所式。
カーテンを開けると雨が降っていた。テレビは「花冷えの一日です」と言っている。うら悲しい気持ちで娘にごはんを食べさせた。
入所式はまず、ホールで行われ、年長組の子たちが「イッツアスモールワールド」の歌を披露してくれた。娘はその様子を見ることもなく、夫に抱っこされたまま、背広のポケットのペンを見つけ、なめていた。

式の後はすみれ組の部屋に移動した。一人がお休みで、仲間は全部で三人だけだった。五月生まれのショウ君は娘の一・五倍ほどの大きさで、すでにドシドシ歩いていた。六月生まれのカー君はどこかで会ったことのあるような人の良いオジサンみたいな顔で、ニコニコ笑いかけてくる。それぞれの保護者同士が自己紹介して今日はこれでおしまい。

家に帰ってパソコンを開くと、メールが来ていた。書評担当だった時にお世話になった作家の池澤夏樹さんからだった。池澤さんは今回の戦争に関して積極的に発言し続けている。戦争について言及した後、こう書いてあった。

「育児を大事にして下さい。うちは二人かかえて、この半年は猛烈に忙しくて、本当に苦労しているけれども、それでも育児は最重要課題です」

「仕事も育児も両方頑張れ」と励まされるより、不思議なことに、こう言われる方がかえって仕事も頑張れるような気がして、何度も読み返した。

【４月３日（木）】

いよいよ、ならし保育が始まった。朝八時半、保育園の駐車場に車をとめ、娘を抱っこして門へと向かっているうちに、視界がぼやけてきた。このままずっと抱いていたい。でも、保育士さんもいるし、私が泣くわけにはいかない。

保育室にはショウ君もカー君もまだ来ていなかった。部屋の真ん中に娘を置いて、サッと帰った。娘はわけが分かっておらず、キョトンとして、泣かなかった。

家に帰ると、部屋の中がガランとしていた。オモチャが転がっている。また涙が出てきた。が、私はその後、思いがけない行動をした。

パソコンを開けて、原稿を書き始めたのだ。この日は午前十時半にお迎えに行くことになっていた。私にはちょうど、外部から頼まれていた映画評をこの日のうちに仕上げなければならない、という用事があった。今、九時だから、十時まで書ける……。

その一時間の仕事のはかどりようといったらなかった。いつもなら、娘は私がパソコンに向かっているとひざに乗りたがり、乗せれば今度はよだれを垂らしながらキーボードをめったやたらに触りたがるのだ。

すがすがしい気持ちで仕事を終え、再び保育園に向かった。保育室のガラス戸から中を見ると、娘はこちらに背を向けて、ぽつんと座っていた。両側ではショウ君が保育士さんからミルクをもらい、カー君がもう一人の保育士さんに抱っこされていた。

近寄って、そっと「綾ちゃん」と声をかけると、彼女はゆっくり振り向いて、ほっとした顔をした。その時の、泣き笑いの表情を私はたぶん、ずっと忘れないだろう。

保育士さんが説明してくれた。「あれから綾ちゃんはずっとお部屋を観察していたんだけど、ショウ君とカー君が泣き出したから泣いちゃったんですよ。ミルクも飲みませんでした」

オムツを見ると、緊張しておしっこもしていなかった。でも、私が来たからか、急に保育士さんに笑いかけたりしている。

「あらー、いいお顔が出たわねぇ」と保育士さんが言うところをみると、ずっと無表情でいたのだろう。

車のチャイルドシートに乗せるとすぐ眠ってしまい、帰宅してからも、三時間半も昏々と眠り続けた。

【４月４日（金）】

朝、ベビーベッドから下ろそうとしても、隅で横になってしまい、下りようとしない。今日は前日と違って事態を把握したのか、保育園でも部屋に入ったとたん、泣いてしまった。

二時間たって迎えに行くと、娘は保育士さんに抱っこされていたが、ガラス戸越しに私を見つけると泣き出した。今日もミルクを飲もうとしなかったという。でも、保育士さんが書いてくれた連絡帳を帰宅後に開くと、「泣きやんで少し遊ぶことができました。時折、アーウーと声を出して保育士の顔をジーッと見たり、オモチャを手にしていました」と書いてあった。少しは慣れたのだろうか。

夜、学芸部映画担当の先輩記者からＦＡＸが来た。四月から映画欄の合評に外部ライターを二人入れることになったという。詳しい説明がないので分からないが、私が復帰しても、どうせ育児に時間を取られて頭数に入らないと思われているのかもしれない、と思ったら不安になった。

【4月7日（月）】

朝、夫の車で保育園に向かっていると、土日の間、保育園の存在を忘れていたようだった娘はいやな予感がしてきたようだ。「離さないで」というように、私の胸に顔をうずめてきた。

保育室にはすでにショウ君とカー君がいて、泣いていなかったのに、娘が泣き始めたので、二人とも泣いてしまった。娘とカー君はそれぞれ保育士さんに抱っこされ、余ったショウ君は娘を抱いている保育士さんのひざにつっぷした。保育室の真ん中で、子どもたちが保育士さんにしがみつき、固まって泣いている。部屋が広くて人数が少ないだけに、一層、寂しそうに見える。

「何だか恐怖の館みたい」。帰りの車の中で夫が笑った。「みんなで恐怖が連鎖しちゃうんだろうなぁ。誰か一人、へっちゃらで遊ぶヤツがいればいいんだろうけどなぁ」

この日のお迎え時間は十一時。行くと、娘は朝とは一転して日当たりの良いベランダで遊んでいた。私を見るとニコニコして四歩、歩いてみせ、「綾ちゃん、歩けるんじゃないのぉ」

と保育士さんを驚かせた。

私が朝、帰った後、娘はしばらく泣き続けていたが、そのうち、泣きやんで保育士さんに愛想笑いをしたという。連絡帳には「ミルクは見たとたんに泣き出して飲めませんでしたが、その後はとってもご機嫌で、いないいないばあをしたりと笑顔で過ごせました。たくさんおしゃべりをして楽しそうでしたよ」と書いてあった。前日まではおしっこすらできなかったが、この日はオムツが濡れていた。後はミルクを飲めるようになれば、お迎え時間が午後一時半まで伸びるという。家に娘がいないと寂しいから、ずっとこのまま十一時のお迎えのままだといいな、と勝手なことを考えてしまったが……。


【4月8日（火）】

保育園に連れていくと、初めは私に抱かれて保育士さんに笑っているが、おろすと私のそでをつかんで離さない。泣いて泣いて涙の粒がポタポタ落ちた。

だが、午前十一時にお迎えに行くと、ボールを投げて遊んでいた。ミルクも飲むことができたので、明日は午後一時半まで挑戦することになった。


【4月9日（水）】

保育園では子どもを渡す際にオムツを替えることになっている。娘はその間、泣き続け、終わると、私のひざにしがみついて泣き出した。「痛々しいわねぇ」。保育士さんがつぶやく。

でも、三時間半後に迎えに行くと、絵本を読んでいた。お昼寝も四十分ほどできたという。「綾ちゃんはおっとりしているけどおてんばさんね。足をターッと肩まであげて、この台に登ろうとしたんですよ」と保育士さん。娘の顔を見ると、鼻の下で鼻水が白くかわき、顔が全体的に薄汚れて、何だかたくましくなった感じだ。

初めての発熱

【4月14日（月）】（㊉358日）

明け方から熱を出した。初めての発熱。先週の半ばから鼻水と咳が出るようになっていた。もちろん、保育園は休みにした。三十七度九分まで出たので病院に連れていった。診察室で測ると三十八度八分もあってあわてる。靴下を履かせ、上着も着せていたので、「熱が出た時はできるだけ薄着にして、布団もあまりかけないようにしないと、けいれんを起こしてしまう」と注意された。それを聞いただけでも病院に行って良かったと胸をなでおろす。

今は私がまだ休業中だから構わないが、来週、復帰後に発熱したらどうなるのだろう。熱を帯びた目で笑いかけてくる娘に笑顔を作りながら、暗たんたる気持ちになる。

日曜版で担当していた連載小説「手紙」が本になったので、著者の東野圭吾さんを囲んでの打ち上げに参加する予定だったが、キャンセルせざるをえなかった。

【４月15日（火）】

私も風邪がうつってしまった。午前中、病院に行って薬をもらってくる。症状は三十七度五分の熱と大量の鼻水、ひどい咳とひどい頭痛だ。「子どもの病気がうつると大人は重症になるよ。特に年を取っていると」と友人から聞いたことがある。娘と一緒に一日中寝ていた。

夜遅く、パソコンを開くと、学芸部長からメールが届いていた。

「復帰後は時間の融通が利く日曜版の仕事に専念してもらおうと思います」と書いてあった。

私は以前は映画と日曜版を兼務していた。先週、映画欄用に外部ライター二人を入れると聞いていたが、その理由が分かった。私が外されたのだ。

この一年間、私が休業中にもかかわらずできるだけ原稿を出していたのは、産休前、映画担当デスクから「休みの間も原稿を出してくれると助かる」と言われたからだった。私の代替要員はいないし、私が休むことで一人欠員になってしまう。それが申し訳ないから、育児の合間を見つけてなるべく書いた。宣伝会社から送られたビデオを自宅で見るのは、予想以上に大変な作業だった。でも、私の独り相撲だったようだ。

確かに、保育園に行き出した娘はこれからもいろんな病気にかかるだろう。それでも、私は夫と協力して乗り切るつもりでいた。保育園に預ける時、彼女にしがみつかれてどんなに泣かれても、その気持ちは揺らがなかった。けれど、そうした決意もあまり意味をなさなくなってしまった。

布団に入っても、いろんな思いがグルグルとめぐった。そんな中で気づいたのは、娘を産んだことを悔やむ気持ちがみじんも浮かばなかったことだった。彼女が生まれてきてくれて、そばにいてくれるだけで幸せだ、と改めて感じた。


【4月17日（木）】

娘の熱は下がったものの、鼻水が止まらないのでもう一度病院に連れていった。おじいさん先生の古い診療所だ。やけに空いている。看護婦さんたちもみんな年を取っている。あんまりもうけていなさそうなのが、逆に好感が持てる。

前回、連れていった夫が先生から「保育園で風邪が流行るのは、ちゃんと治りきらないのに子どもを預ける母親が多いからだ」と言われたと話していたので、厳しい言葉を浴びせられるかもと覚悟していたが、そんなことはなかった。

ただ、「明日は保育園に行っていいでしょうか」と聞くと、「明日は金曜だし、どうせ行ってもまた週末に熱が出るよ。お母さんがまだ休みなのなら、休んだら？」と言う。今週ずっと休んでしまったので、私が復帰するまでに、ならし保育を完結させるのは無理になった。もう、なるようになるしかない。

【4月19日（土）】

夫はデスク番なので朝早くから出かけていった。夜中まで帰ってこない。私は何だか無性にイライラしていた。小さなホコリがやけに気になったりし、娘が泣いても知らん顔をした。午後から高校時代の友人が来ることになっていたので待ち遠しかった。

彼女がいる間は普通でいられたが、帰ってしまったらまた不安定になった。娘は私が冷たいせいか、必要以上にまとわりついてくる。「いけません」と何度言ってきかせても、ゴミ箱の中に手を入れたりする。夕ごはんを食べさせると、ペッと吐き出した。何度やっても吐き出したので、私は娘の頭をたたいた。ペシッという音がした。小さな小さな頭だった。生まれて初めて頭をたたかれた娘は、私を見ながら涙をポロポロと落とした。泣き続ける娘を私は抱き上げてベッドに押し込め、ドアを閉めた。一人で夕飯を食べていると、今度は私が泣けてきた。このままずっとこんなふうになってしまったらどうしようと思うと不安でならなかった。

【4月20日（日）】

娘が一歳の誕生日を迎える二十二日は私が出勤してしまうので、この日、お祝いをすることになり、両親と従兄がやって来た。夫は今日も朝から仕事なので、私は実家に電話をし、「昨日、綾をたたいたから、なるべく早く来て」と父に助けを求めた。

到着後、父は「志津だって食べたくない時は吐き出していたよ」と言って娘の頭を撫でた。娘はみんながいることがうれしいからか、部屋中を歩き回った。両手をあげ、バランスを取りながら、ヨチヨチと歩く姿を見ているうちに、この数日間、固まっていた気持ちがほぐれていくのが分かった。一年でこんなに成長したことに感謝した。午後、夫がいったん帰宅したのに合わせて、バースデーケーキに火をつけた。一本のろうそくに灯された火を娘は不思議そうに眺めていた。

夕方、娘はまた、熱を出した。測ると三十八度四分あった。さまざまな芸を得意げに披露していた顔がうそのように、目もトロンとしている。風邪はいったん治まっていたはずなのに……。だが、思い当たることがあった。ゆうべ、お風呂に入れなかったから、昼に入れたのだ。上がった際、半袖シャツのままで少々長くいさせすぎた気がする。このままでは明日も保育園に行くのは難しそうだ。

【4月21日（月）】

朝の体温は三十七度九分だった。「休みます」と保育園に連絡した後、病院に行った。前に行った診療所は午後しか受け付けていないので、他の小児科に行ってみた。

「きっと昔、美人だっただろうなぁ」と思うようなキビキビしたおばあさん先生の、これまた古い医院だった。窓ガラスに入ったヒビはセロハンテープで止めてあった。

先生によると、新しい風邪をひいたとのことだった。前日、昼に風呂に入れたことは黙っておいた。

帰宅してからは、元気の出てきた娘と思う存分遊んだ。絵本も手渡されるたびに読んでやった。娘は甘えて、座っている私につかまり立ちしながら私のまわりをぐるぐる回った。

「もう明日からは一日中遊んであげられないけど、仕事から帰ったらたくさん遊ぼう。お休みの日は一日中遊ぼうね」と心の中で言った。何にも知らずにいる娘がいとおしくてたまらなかった。

夜、娘はまた、熱を出した。三十八度九分もあった。明日は復帰初日なのに……。

第6章　職場復帰は甘くなかった

病気の子を残して出勤

【4月22日（火）】（誕生日＋366日）

娘が一歳になったこの日、私は職場復帰した。娘はとても保育園に預けられる状態ではなく、夫が仕事を休むことにした。

会社には一時間半以上かかるので、朝、娘が眠っている間に家を出た。産休も含めて十三カ月ぶりの会社は何も変わっていなかった。ただ一つ、社内の分煙が徹底されたことだけが変化か。先輩や同僚たちに一通り、挨拶して回った。

午後、上司二人に誘われ、喫茶店に行った。「当面の仕事は秋からの日曜版の企画を考えることとスクラップです」と聞かされた。もちろん、育児で勤務に支障が出ることを配慮してくれたのだが、できる限り頑張るつもりでいただけに、ショックは大きかった。私は「今月から外部ライターを入れるなら、なぜ育休中に代替要員を入れてくれなかったのですか」と尋ねてみた。が、返ってきたのは「ライター導入と井上さんの育休とは無関係」という返事だけだった。

話は続いた。産休に入る前、私は本当は映画担当ではなかったのだという。デスクの指示は独断で行ったもので、デスク会で了承されていなかったため無効なのだと。「井上さんは担当でもないのに試写に行っていたからよく思われていない。当面は試写や取材には行かないで席にいるようにして下さい」とも言われた。

何がどうなっているのか、キツネにつままれたような話だった。二年も前の話。そうなら、なぜ当時言わないんだろう……。私は「それではなぜ休業中に原稿を書かせたのですか」と聞いた。答えは「育児に飽きて書いているのだと思っていた」だった。

上司に悪気はなく、ただ、「子どもがいようと何だろうとぜひ君が必要だ！」と言わせる実力が、私にはないのだろう。読者のメールを見ても、「職場復帰したら出向になっていた」といったケースはよくあるから、この種のことはどこでも起きているのだろう。会社の言い分もあるだろうし、そもそもプライベートな出来事である出産と仕事を一緒くたにしてはいけないのだ。

が、正直言って「育児に飽きて……」が一番こたえた。「それはひどいですよ」と私は言って思わず涙ぐみそうになったが、涙の粒を見せたら悔しいので泣かなかった。

頑張ろうという思いは一挙に萎えてしまった。途方に暮れるしかなかった。

【4月23日（水）】

明け方から娘の熱はまたも三十八・九度に上がった。普段は眠たい時以外は泣かないのに、真っ赤な顔をして苦しそうに泣いていた。私を出社させるために、この日も夫が会社を休んだ。快く休ませてくれた夫の職場の人たちに感謝するしかない。

【4月24日（木）】

娘の熱は下がったものの、今度は顔に発しんが現れた。夫が小児科医院に連れていくと、突発性発しんと診断されたという。風邪と併発したようだ。

なのに私は夕方から、新宿の飲み屋で開かれていた映画関係者の集まりに行ってしまった。私はムシャクシャした気分を何とかしたかった。初めのうち、留守を預かった夫は「気分転換になるならいいよ」と言っていたが、午後九時を過ぎても十時になっても私がなかなか店を出ないので怒り出した。携帯電話を何度もかけてきて、「早く帰って娘の顔を見ろ。おまえには母親の資格はない！」と怒り狂っている。

私が帰宅すると、今まで見たこともない姿の娘がベッドで寝ていた。顔も手も足も湿しんだらけ。彼女に申し訳なく、自分が情けなく、疲れ果てて、夫と口もきかずに寝た。


【4月27日（日）】


娘は何とか回復したものの、この二週間、熱が出たり下がったりで、週明けからすぐに保育園に元気で行けるとは思えない。来週は夫ももう休めない。両親に相談すると、仕事の都合をつけ、娘を預かってくれると言ってくれた。夫に送ってもらい、実家に着くと、一週間ぶりに娘の顔を見た母はつぶやいた。

「あらー、小っちゃなお顔になって。はかなげになってしまった……」

明日からは私は実家から会社に通うことになる。娘は元気になってくれるだろうか？


【5月1日（木）】


夜、母から注意を受けた。私がふさいだ顔をしていることが多いので、娘が私をじっと見ているという。鼻がつまっていて苦しいせいもあるかもしれないが、母に抱っこされたまま二十分ぐらい動かないこともあるというのだ。

「どんなにいやなことがあっても、帰ったら綾をぎゅっと抱きしめて、遊んであげてね」

母は私に約束させた。

【5月3日（土）】

実家の「ジジババ保育園」は無料だけれど、期間は一週間が限度だ。高齢の両親にとって、私の留守の間、朝から夜まで娘の面倒をみるのはやはり至難の業だった。この日、娘の風邪がうつったのか、父もダウンしてしまったので、急きょ、家に帰ることになった。それでも両親がたくさん食べさせてくれたおかげで、娘はまた丸い顔に戻った。

【5月5日（月）】

娘はほぼ三週間、保育園に行っていないので、明日から、また一から出直しだ。このところずっと娘は私たちのそばで安心しきっていたのに、また不安な気持ちにさせるかと思うと気が滅入る。せめて、片言でも会話ができて、「夕方には必ずお迎えに来るからね」という言葉が理解できるぐらい大きかったら……と思ってしまう。「三歳児神話」など信じちゃいないし、むしろ「女を家庭に縛りつける陰謀だ！」と反発してきたものだが、三歳だったら少しは状況を理解できるはずだ、やっぱり一歳ではまだ早いのだ……という考えが頭をよぎる。

今日はベビーシッターをお願いするファミリーサポートセンターの会員Sさんのお宅へ一時間ほど連れていき、慣れさせようと試みた。が、娘はコアラの子みたいに私にしがみついていた。気になるオモチャをさわりに行く時も、私の袖を離そうとしない。置いていかれないようにと思っているのかもしれない。

明日からは職住近接の夫が保育園の送り迎えを担当する。私の基本的な勤務時間は、満三歳になるまで取得できる一日一時間半の育児時間を組み合わせ、午前十時十五分～午後五時までとした。春日部から車を運転して三十～四十分かけて埼玉高速鉄道の始発駅、浦和美園駅まで行き、駅前に月五〇〇〇円で借りた駐車場に車を停めて、埼玉高速鉄道に乗り、そのまま南北線で地下鉄・飯田橋駅まで行き、そこで東西線に乗り換えて会社のある竹橋駅まで行くというのが私の通勤経路。他の行き方もあるが、腰痛持ちのため電車内で座れるよう始発駅を利用することにした。道が空いていても片道一時間半はゆうにかかる。私は延長保育が終わる午後七時を目指して帰宅し、夫とバトンタッチする。夫はそれからまた仕事に戻る。この段取りはもちろん、娘が元気であることが前提であって、うまくいくかどうかは分からないのだけれど。


【5月6日（火）】

私が出勤した後、夫が娘を三週間ぶりの保育園に連れて行った。会社に着くと私は「どうだった？」と携帯メールを送った。

「大泣きした。あいつも頑張っているからおまえも頑張れ」。トイレで読みながら、涙が落ちそうになる。

【5月7日（水）】

会社に着くと、この日も早速、夫に携帯メールで娘の様子を尋ねた。「泣いたけど、何となく分かってきている感じ」と返事が来た。「分かってきている」という言葉が悲しい気がして、またトイレで涙ぐんだ。

【5月9日（金）】

娘は初めて午後五時半までの保育園滞在に挑戦した。午後四時半からはすみれ組を離れ、お兄さんお姉さんたちと合同の延長クラスとなるのだ。

夫が迎えに行くと、娘はお兄さんたちが元気に遊び回っている中、ひとりだけ布団の上であお向けになって寝ていたという。「何か哀れだった」と夫。彼女があお向けで寝るのは疲れ果てた時なのだ。

【5月15日（木）】

温かい配慮と自分に言い聞かせているものの、日曜版の担当だけでは時間が余ってしまい、毎日がいたたまれない。新聞を読んだり、インターネットでさまざまなサイトをのぞいたりして、午後五時までひたすら時間をつぶしている。それがつらくなって、「仕事がしたい」と上司に交渉した。

ただ、「映画担当ではないのに試写に行っていた」という誤解が解かれなければ、「また勝手に取材に出ている」と言われて元の木阿弥だ。「私はデスクの指示に従っていただけなので、誤解を解いて下さい」。そうお願いしてみた。が、色よい返事はもらえなかった。

【5月16日（金）】

午後七時、保育園に迎えに行くと、娘は座って泣いていた。私を見ると、立ち上がり、駆け寄ってきた。初めて顔を見る保育士さんが「あらー、歩けるのね」と言った。今までずっと、座ったまま泣いていたんだ。

劇が始まる前の暗闇の一瞬が好き

【5月21日（水）】（⊕395日）

会社に着いたら夫から携帯メールが来た。

「今日、あいつは泣かなかった」

トイレで目にした途端、涙がこぼれた。娘なりに頑張っていることを考えると、そんなに頑張らなくていいのに、と思った。

でも、彼女は別に頑張っているわけではないのかもしれない。保育園が楽しいところだということが分かっただけなのかもしれない。あるいは、あきらめたのかもしれない。この年で……。それはそれでまた可哀想な気がする。

ノンフィクション作家の中島みちさんの新作が出版されたので、取材に行った。「ひと」という欄に載せるつもりだ。

【5月23日（金）】

娘は朝、完全に泣かなくなったという。部屋の真ん中に立たせて、夫が去っても大丈夫だったそうだ。

夜、私が迎えに行くと、畳の上でみんなと遊んでいた。私を見たら、みんなをかきわけて急いでやって来た。

風呂の湯船の中でも、ひとりで立てるようになった。これでやっと私ひとりでもお風呂に入れられると思う。

【5月30日（金）】

社内で他部の先輩ママ記者と会った。彼女は二人の子どもを育てている。「スープの冷めない距離」に実家がある。

「どう？」と聞かれたので、「夫は朝、時間がなくて娘にバナナしか食べさせてないのを保育園の連絡帳に正直に書いていたから、この頃は朝食欄には『トースト、卵、バナナ』とウソを書かせるようにした」と打ち明けた。

すると彼女は言った。「そうよ。ウチもそうだった。給食でしっかり栄養が取れるんだからいいのよ」。みんな考えることは一緒なんだなぁと安心する。

復帰以来、先輩の女性たちは私の状況を案じてよく声をかけてくれる。「十数年も前に私も同じようなことを言われたわよ。会社は変わっていない」と言う人もいた。

彼女たちのアドバイスは総じて共通していた。「我慢するしかない」「夏までは言う通りに席にじっとしていなさい。夏になれば状況はきっと変わる」と言う人もいた。夏まで？　夏までの道のりを想像すると気が遠くなる。

午後七時、保育園に迎えに行くと、玄関で靴をはいていた二歳ぐらいの知らない女の子が、私を指さして母親に言った。

「綾ちゃんのママだ」

びっくりした。いつの間に私のことを覚えたんだろう。自分が気づかない間に、彼女にじっと見つめられていたかと思うと、不思議な気がした。

「また明日ね」と答えながら、その小さな女の子のことがいじらしかった。


【6月1日（日）】


夫が発熱してダウンした。別の部屋で隔離され、一日中、寝ていた。

私は娘と思い切り遊んだ。すると、娘はすぐに私のひざに乗ろうとしたり、抱っこをせがんだりして、ベタベタくっついてくる。この頃は私が思う存分に相手ができなかったから忘れていたけれど、私をまた好きになってくれたのかもしれない。こちらがうんと笑わなければ、彼女の笑顔は返ってこないのだ。こちらは何もしないで娘から一方的に元気をもらおうなんて図々しいことだ。

娘は夜になってもいつまでも寝ようとしなかった。眠くてたまらないのに、ゾンビのように起き上がっては、また遊び始める。彼女はそれを何度も繰り返したが、私はイライラすることもなくずっと付き合った。その理由は分かっていた。明日、私は会社に行かなくてもいいからだ。勤続十年社員のための研修を受けに明日から四日間、山梨県富士吉田市に行くのだ。昨年は休業中で参加できなかったため、一年後輩と一緒の研修となった。

【6月10日（火）】

俳優座が上演している山田太一さんの戯曲「しまいこんでいた歌」を観に行った。育休中、招待状に出席の返事を出していたのだ。

劇場に出かけるのは久しぶりだった。復帰以来、「試写や取材に行かないように」と言われていたし、わけの分からないことが続いたので嫌気がさしてしまい、「もう映画の類に関わるのはいいや」と遠ざけていた。だが、この日は返事を出しているのに欠席しては悪いと考えて足を運んだ。

席につき、開幕直前、場内が暗闇に包まれた。その時、言いようのない感覚にとらわれた。

「あぁ、私はこれが好きなんだ。これからドラマが始まる、この暗闇の一瞬が。自分の好きなものから離れる必要なんてないや。また昔みたいにお金を払って劇場に行けばいいんだ」

超満員の劇場内で、幕が開いた時から涙ぐんでいたのは、私だけだったに違いない。


【6月14日（土）】

娘と実家にやって来た。私がふざけて「ちょうちょう」の歌を大声で歌っていたら、突然、娘が両手を高々とあげ、くるくると回り始めた。ひとまわり、ふたまわりと気持ちよさそうだ。面白がって母も歌うと、どんどん回る。こんなことができるなんてびっくりした。保育園で踊っているのだろうか。

母が「かゆい」と言って首筋に手をあてるとペタペタと撫でてあげたり、「じぃじとお風呂に入るよ」と言うと即座に両手をあげて服を脱がせてもらおうとしたり、こちらの言うことをどんどん理解するようになった。このところの成長ぶりには目を見張らされてしまう。保育園の連絡帳にも保育士さんが「本当によく体を動かすようになった」と書いている。一歳を過ぎたのと、保育園に慣れた時期が重なって、相乗効果を起こしているのだろうか。私と二人きりで家にいた頃はおっとりしていたのに、比べ物にならない活発ぶりだ。


【6月25日（水）】

二日前の連絡帳に「テレビに出てきた犬を見て『ワンワン』と言えます」と自慢げに書い

てしまった。ところが、今朝、夫が娘を保育園に送っている途中、彼女は床屋のクルクル回る看板を見て「ワンワン」と言ったという。何だ、分かっていなかったのか……。

この日の連絡帳にはこう書いてあった。

「『ワンワン』と言えるのがうれしいようで、保育園でもワンワンを連発しています。おしゃべりできるようになると楽しいんですよね。今日は公園にお散歩に行った帰りに可愛い犬に会いました。本物のワンワンを見てちょっぴりビックリしたようです……」

【6月26日（木）】

女優ロザンナ・アークェットを取材しに行った。先月の中島みちさん以来、一カ月ぶりの取材だ。

十代でデビューして以降、五十本以上の映画に出演してきたが、三十五歳で長女を出産した後、「それまでにない壁を感じた」という彼女。メグ・ライアンやシャーロット・ランプリングといったそうそうたる顔ぶれの女優三十四人に「母親であることと仕事」について聞いて回った。そうしてドキュメンタリー映画「デブラ・ウィンガーを探して」を監督・製作した。

タイトルに取ったデブラは「愛と青春の旅立ち」でスターの仲間入りを果たした後、結婚・出産を機に引退した女優だ。インタビューに対して、「子育てが犠牲じゃないなんてウソよ。無責任な物言いだわ」と答えている。男社会の欺瞞に対する痛烈な批判だ。

ロザンナは時差ボケのピークでもうろうとなりながら質問に答えてくれた。女優たちがそろってハリウッドでの年齢差別に言及していることを尋ねると、こう言った。

「大切なのは、娘たちに教え続けること。どんな状況になっても、周りの人からリスペクトされるよう努力し続けなくてはいけないということをね。みんな、いずれは年をとるのだから」

その後、「あなたの娘さんにもよ」と言って笑顔を見せた。

【7月5日（土）】

再来週、夏休みをとって三人で沖縄に行く予定を立てたので、娘の水着を買った。その店の通路で姉弟らしき三人組が追いかけっこをしていた。すると、娘は保育園と間違えたのか、突然、追いかけっこごっこに参加し、しかも奇声を発しながら逆走したので、姉弟は気味悪そうに去っていった。

お昼を食べにラーメン屋に入った。注文を取った店員さんが厨房へ向かいながら「塩一丁、しょうゆ一丁、餃子一丁！」と叫んだ。「あーい！」。娘は店中に響き渡る大声で応えた。恥ずかしかった。

【7月7日（月）】

十月から作家の落合恵子さんに日曜版で連載をお願いすることになり、ご挨拶に伺った。自然と私の職場復帰後の話になった。私はこのところずっと心に抱いていたことを相談してみた。パートや契約社員として働いている人に比べれば、一年間の育休を取得できた自分は恵まれている。職場復帰を果たし、毎月の給料ももらっている。自分は今の状況に参っているけれど、ぜいたくとも言えるのではないか、と。

落合さんの答えは明快だった。「みんなが『恵まれた状況』になるためにも、自分がまず、より『恵まれた状況』になっていくことが必要。そのうえで、より『恵まれていない状況』について、仕事を通して問題提起してください」

私はもう一つ気にかかっていたこと、「今の状況は私の性格のせいか？」という問いも聞いてみたいと思った。が、初対面なのにこんなこと尋ねられても困らせてしまうだけだと気づき、やめた。思えば、小学生の頃から私の通知表に必ず書かれていたのは「協調性がない」という言葉だった。高校に入り、「協調性なんてなくてもいいんじゃないの？」と開き直るまでは、子どもなりに「どうしたら協調性のある人になれるのだろう」とずいぶん悩んだものだった（自由な校風の高校に入ったら指摘されなくなった）。でも、教師に常に睨まれることになる、その原因を放置してきたツケが今めぐってきたのだろうか……？　自分に自信がなくなってくると、考えもとりとめなく続いてしまう。
会社へ戻る途中、胃に激痛が走った。駅のホームのベンチでおさまるのを待った。

母ががんに

【7月10日（木）】（⊕445日）

夜、母から電話があった。子宮がんの検診で引っかかり、来週、別の病院で検査することになったという。実感がわかない。「イヤだぁ、ホント?」という言葉しか出なかった。同時に、「しまった」と思った。昨春の検診で「半年後に再検査して下さい」と言われていたのではなかったか。忘れていたのだ。いや、頭の片隅にはあったのに、母に念を押さずに放っていたのだ。それでは一年前の検査は何だったのか?……。最終的な診断はまだ下っていない。しっかりしなければいけない。

【7月11日（金）】

朝、家を出る時、車で駅に向かう私に夫が言った。「事故らないよう気をつけて行け」。知らず知らず、深刻な顔をしていたのだろうか。

埼玉県知事が娘が起こした事件の責任を取って辞職したため、夫の仕事が忙しくなり、来週、予定していた沖縄旅行をキャンセルすることにした。新聞社に勤めている以上、よくあ

ることで仕方ないが、娘の水着まで買っていただけにがっかりだ。娘は全く事態を分かっていないのだけど。

【７月14日（月）】

朝、夫が保育園に連れていくと、娘は久しぶりに泣いたという。このところはずっと平気になっていたのに、どうしたのだろうか。

週末、実家で買ってもらったおままごとセットで、みんなにご飯を作ってはいちいち上手に食べさせてくれるのに驚いたので、この日の連絡帳に「保育園でおままごとをしているのでしょうか？」と書いた。

戻ってきたページにはこう書いてあった。「よくおままごとをしていますよ。食べ物をフライパンでいため、食べるマネをしてから『おいしーい』と両手でほっぺを押さえて、楽しそうですよね」

「楽しそうですよね」と言われても、「おいしーい」とほっぺを押さえるところなんて、今まで見たことがなかった。彼女は一日のほとんどを保育園で過ごしているのだから、私が見ていないのは当然のことだろう。何かとても大切な瞬間をドブに捨てている気がする。

【７月17日（木）】

不眠不休状態になってしまった夫に代わって、保育園に連れていった。初めは私にしがみついていたけれど、保育士さんに「おいで」と言われると保育士さんのひざに座った。そして、「バイバイ」と私に手を振ってくれた。それだけのことで私の心は安らかになり、保育園の廊下を歩く時も、門を出る時もニヤついてしまった。

【7月18日（金）】

自分が幹事だったためにどうしても外せない飲み会があり、夫も泊まりなので、初めてファミリーサポートセンターを利用した。保育園に迎えに行き、その後、預かってくれることになっているSさんと娘が会うのは三カ月ぶり。Sさんの顔はとうの昔に忘れている。この日のためにもっと頻繁に会わせて慣れさせておくべきだったと思うが、時すでに遅し。知らない人が自分を迎えに来て、連れて行かれるのは、相当な恐怖に違いない。胸が痛んだが、仕方がない。彼女の大好きなピンクの毛布を、夕飯用のレトルトうどんとともにSさん宛ての袋に詰め込んだ。

帰り着いたのは午前零時だった。娘はSさんのお宅で寝ていた。最初は泣いたけれど、うどんを食べ、遊びに来たSさんの二人のお孫さんと遊んだという。といっても、下におろそうとすると泣いてしまうので、一度も床に足をつけないまま、Sさんか旦那様に抱っこされていたそうだ。

どんな気持ちでSさんのお宅で過ごしていたかと思うといたたまれなかったが、ひとまず良かったと思った。

【7月25日（金）】

十月から始まる料理の連載の撮影があった。終了時間が未定だったため、ファミリーサポートセンターのSさんに再度、保育園のお迎えを依頼した。

Sさん宅で使うオムツやおやつといった荷物を保育園に持っていくのを忘れたので、夫が昼間、届けに行った。娘たちは並んでお昼ご飯を食べているところだった。パパがお迎えに来たと勘違いした娘はいそいそと椅子の上に立ち上がったが、夫がそのまま帰ってしまったので泣いたという。この日の連絡帳には「しばらく立ち直れなかった綾ちゃんでした」と書いてあった。こんなふうに彼女の気持ちをもてあそぶようなことをしていいのだろうか。どうしても罪の意識を感じてしまう。

撮影は案外、早く終わり、Sさん宅へ迎えに行った。娘は私の顔を見た途端、激しく泣いたが、急に元気になり、Sさんのお孫さんたちに向かって大声で「バイバーイ」と言って手を振った。

「あらー、ママがいると声が全然違うね」。Sさんが言った。

【7月28日（月）】

母の病院に付き添った。精密検査の結果は「がんの確率が九五％」だった。ただ、引っかかるのは細胞診だけで、画像検査でも血液検査でも引っかからないため、原発がどこか分からないという。卵巣や卵管にできたがんの場合、珍しいことではないらしい。「おなかを開けて原発がどこか確かめ、がんがあれば取りたい」との医師の言葉を、私は母の後ろでメモを取りながら聞いていた。母の感情の揺れが手に取るように分かる。同席していた父は無言だった。

仕事場に戻る父と別れ、私は母と院内のレストランで昼ご飯を食べた。母が冗談めかして言った。

「ママはがんにならないと思っていたのになぁ。あと二十年生きるつもりだったのに。綾が大人になるまで見ようと思っていたのになぁ」

私は何と答えたらいいか分からず、笑い顔を作った。薬を受け取る母と病院で別れ、照りつける夏の日差しの中をうつむきながら駅へと歩いた。

母は孫が生まれると告げてもあまり喜ばなかったし、誕生後も、可愛がってはいたものの、よそのおばあちゃんのようにせっせと面倒をみるわけではなかった。「あなたたちはあなたたちでしっかりやりなさい」と言っていた。その代わり、自分たちも長生きしてあなたたちの世話になろうとは思っていない、そうはっきりとは言わないけれど、そんな含みを感じ取り、私は常々、可愛げがないなと思っていた。だから、「綾が大人になるまで生きようと思っていた」という言葉に驚いた。同時に母が可哀想でたまらなくなった。孫の成長をそんなに楽しみにしてくれていたなんて思っていなかったんだ。

【7月30日（水）】

朝、保育士さんが私に言った。「この頃、綾ちゃんはお友達が泣いていると近寄っていって、『抱っこしてあげる』って手を広げるんですよ」

娘は自分が抱っこされるとうれしいから、他の子にやってあげているのだろう。この頃、娘はしょっちゅう私に抱っこをせがんだ。そのせがみ方は、少々異常だった。リスやサルがエサをねだる時のように、重ねた両手をこちらに向けて突きだす。スーパーマーケットでもこれまでは喜んでカートに座っていたのに、立ち上がって抱っこをせがむ。「ちょっと待ってね」と言えば泣く。上目づかいで必死に要求する娘の顔が、通勤の間も頭から離れなかった。

夜、迎えに行くと、延長クラスの年配の先生が私を待っていた。「今日はお話ししなくちゃと思って待っていたんです」と言う。

「綾ちゃん、夕方、他のお母さんたちがお迎えに来始めると、戸口の方を見てガタガタ震えるようになったんです。これまではこんなことなかったのに。ファミリーサポートセンターの方に預けられてからです。まだ言葉が分からないから、どうしたらいいのか分かりませんが、しばらくはベビーシッターを利用するのは控えるようにした方がいいと思います」

ショックだった。知らない人が迎えに来て、連れていかれたことがどんなに恐ろしいか、想像はしていたつもりだったが、こんなふうに体に表れるなどとは思いも寄らなかった。常に愛され、安心だと感じながら、育ってほしかったのに、私は娘に不安だけを植えつけているのかもしれない。大人の都合で抱えこまされていた娘の不安を思い、慄然とした。


【8月8日（金）】

娘が熱を出したので会社を休んだ。午後、夫に娘を頼み、母の診断のセカンドオピニオンを聞きに出かける。

医師は母の話を聞いた後、「手術した方がいいです」と言った。原発が分からないのになかを開けることについて、生まれてこの方、手術などしたことのない母は納得できないようだったが、この言葉でようやく決心がついたようだった。

待合室に戻ると、父が母の頰をすっと撫でた。突然だったので母は「何よ」と笑った。「頑張れ」。父は真面目な表情で言った。

父は出版社から独立して始めた編集プロダクションを今年、たたむつもりだった。忙しくて昔から帰るのはいつも午前様。長い休暇を取ったこともない。がん宣告は、そろそろゆっくりして、母と二人、旅行でもしようとパンフレットを取り寄せたりしていたその直後のことだった。

家に帰ると、娘の熱は三十九度五分に上がっていた。座薬を入れ、薬を飲ませる。娘はぐったり寝たまま、ベッドから「ママ、ママ」と私を呼んだ。

頑張ることの意味

【8月16日（土）】（＋482日）

手術は二十一日と決まった。十八日の入院を前に実家に行き、近くのレストランに夕飯を食べに出かけた。食事後、両親とは店の前で別れることにし、娘は私に抱かれて夫が運転する車の後部座席に乗り込んだ。

母がバイバイを言おうと窓越しに立った途端、娘は突然、「イヤーッ！」と叫び、母に向かって両手を差し出した。母も一緒にまた車に乗ると思っていたのだ。涙がポロポロと流れている。その様子を見て、母も泣いてしまった。私も泣き出した。雨が降っていたので、夫は車を発進させたが、娘は大声を上げて泣き続け、母も肩を震わせていた。

帰宅して母に電話した。「あれから綾は窓の外を見ながら小さな声で『バイバイ、バイバイ』ってずっとつぶやいていたんだよ」と言うと、母は神妙な声でヘンなことを言った。

「綾があんなに泣くから、ママは手術で死ぬかもしれない。綾が窓の外に『バイバイ』って言ったのはママの魂が幽体離脱していたからかもしれない……」

「そんなことないよ。手術は大丈夫だよ」。それだけしか言えず、私は電話を切った。

【8月18日（月）】

母の入院に合わせ、夏休みを取った。娘を病院に連れて行く準備をしていると携帯が鳴った。日本在住の中国人女性Aさんからだった。映画研究者で、母とも私とも仲がいい。

「志津さーん、私もお母さんと同じ病院に入院しました。お母さんの病室を教えて下さい！」

驚いた。そう言えば、彼女は先週、胆石症で別の病院に緊急入院していた。転院することになり、母と同じ病院を希望したという。母の病室に入ると、すでにパジャマ姿のAさんがいた。点滴をガラガラと引っ張りながら歩いている。みんなでAさんの病室へ遊びに行った。

病棟に戻ると、今度は廊下のベンチになぜか私の友人が座っていた。おさげ髪、これまたパジャマ姿だ。良性の腫瘍ができて摘出したという。彼女も初めての手術で、これから母が手術することを告げると、「麻酔はちっとも怖くなかったから心配は要らない」ということを一生懸命、母に教え始めた。一生の一大事で入院したのに知り合いばかりいてコントみたいだ。

【8月19日（火）】

母が手術を受けたくなかったのには、シナリオ学校で教えている生徒が気がかりという理由もあった。生徒たちが提出する卒業制作に目を通さなければならない時期なのだが、その締め切りと抗がん剤の投与予定とが重なっていた。秋からは新しい授業も始まることになっていた。母は当初、入院しながらでもこなせるかもしれないと思っていたが、医師から「キャンセルした方がいいです」と言われ、あきらめた。

手術前の度重なる検査で疲れてしまったため、シナリオ学校宛ての謝罪の手紙を書くことさえ、ままならなくなり、私が口述筆記した。声がかかっていた映画の仕事も断らざるをえなかった。

【8月20日（水）】

会社の先輩たちが「夏まで我慢しなさい」と言った、その夏も終わりに近づいた。でも、社内での私の状況は何も変わらなかった。状況に変わりはないし、母も病気になったことだしと、私は早出の回数を月二回にしてもらうことにした。夜勤も入らないことにした。労働協約書には「小学校就学前の子がいて、深夜、子を保育する家族がいない場合は本人の申し出により深夜勤務から除外される」とある。復帰前は、様子を見て夜勤もこなそうと考えていたけれど、いつの間にかそういう気が起こらなくなってしまった。上司は母の病気に同情し、了承してくれた。

とはいえ、夜が忙しい新聞社では、夜に勤務しないのは白い目で見られることも事実だ。以前、早出の出番をしていた時、他部のママ記者が早朝から仕事をしていた。「大変そうだな」と思いながら見ていると、彼女が社外に出た後に現れたデスクが「あいつは全然会社にいない」と怒っていた。今なら、差し出がましく思われても、「朝早く出ていて、さっきまでいましたよ」と教えてあげたのになあと思う。

妊娠、出産を経て、私は「たとえ頑張ってもそれが何になるのか」という疑問が拭えなくなってしまった。「企業戦士」の自覚がないと言われればそれまでだ。だが、娘の寂しい思いは誰も解決してはくれない。自分と家族を守るのは当事者以外にいないのだと思ってしまう。

母、がんの手術をする

【8月21日（木）】（⊕487日）

母の手術は午後一時半に始まり、四時に終わった。子宮がんを経験している五十歳の従姉も来てくれた。

手術後の説明を受ける部屋に入ると、机の上にトレーが置かれ、摘出物が並べられていた。思ったより小さく、白とピンク色できれいだった。医師はその真ん中部分を私に指し示した。

「あなたが娘さんですね？　これが子宮ですよ。あなたはここにいたんですよ」

　この一言で、私は涙が止まらなくなった。今までは医師に質問したり、情報収集したりと、娘として頼りになるべく振る舞っていたのに、思考が働かなくなってしまった。父と従姉は背筋を伸ばして聞いているのに、私だけがうつむいて泣きじゃくっていた。

　後で父と従姉に聞くと、医師の話は「がんは卵管にありました。目に見えるものはすべて取ったが、腹腔に目に見えないがん細胞は残っているので、傷が回復するのを待って抗がん剤治療をしたい」というものだった。

　以前、「がんである確率は九五％」と言われたから、私はこう思っていた。もしかしたら「開けてみたらがんではありませんでした」と、残り五％の結果になるかもしれない。たとえ、がんだとしても、子宮内に収まっていて、全摘出すればそれで済み、抗がん剤の治療も必要ないかもしれない。人間はどんな現実を突きつけられても、良い方へ良い方へと考えてしまうものなのだろうか。

　病室に戻ってきた母は麻酔から覚めつつあった。私は従姉から「トイレに行って涙を止めてから入ってきなさい」ときつく言われた。でも、そうして入ってきたつもりだったのに、ベッドに近寄って手を握ると、母は目を閉じたまま言った。

「志津は泣いていたのかな……？　志津の咳が聞こえたよ……」。私は泣くと咳が出てしまうのだ。母には廊下の先にあるトイレでもらした私の咳が聞こえたのだろうか。

帰宅すると、従姉からメールが届いていた。私がトイレで泣いていた間、父は麻酔から覚めない母の横で、「俺がこんなバカな病気になって……」と涙を浮かべていたという。父は昨年、パーキンソン病と診断され、手も少し震えるようになっていた。まだ初期で、日常生活には何の支障もないのだが、この大事な時に自分自身が病気だということが情けなかったのだと思う。だけど、父はこれまでずっと母と私を守ってきた。これ以上、何を望むだろう。神様、父は自分が相手に何でもしてあげたい人なんです。その気持ちを汲み取って、これ以上、意地悪をしないで下さい。


【8月24日（日）】

母の回復は順調だ。日曜日なので見舞い客がやって来た。知り合いの奥さんが母の顔をのぞき込み、「どうしてがんになったのかしら……。どうして……?」と聞く。もちろん、心配してくれているからなのだが、そんなことを聞かれても困る。「さあ、夜更かししていたからですかねぇ」などと答えながら、だんだん私も母も気が滅入ってくる。

世の中には不摂生していてもがんにならない人だっているではないか。そもそも、世の中のことすべてに因果関係があると考えるのは間違いだ。乳がんになった知り合いの町議さんから「他人の言葉には傷つけられることが多いです」とメールをもらっていたが、当事者にならなければ分からないことは何て多いのだろう。

院内のレストランで一人で夕飯を食べた。最上階で、夜景が美しい。近くに野球場があり、ヒットが出るたび、観客のどよめきがかすかに聞こえる。隣の席には疲れた顔で窓の外をぼんやり見ている高齢の女性。窓際の席には男の子と両親が座っていた。お父さんが男の子に「今晩はここでひとりで寝るんだぞ、な？」と言った。男の子はうつむいたまま答えなかった。

突然、私はここにいるのは耐えられないと思った。両手で顔を覆った。この店は悲しみの密度が高すぎる。悲しんでいる人しかいないじゃないか。


【8月25日（月）】


母とけんかした。個室に入っているので、大部屋か、せめて二人部屋へ移ったらどうかと勧めたのがきっかけだった。退院の目途は立っていないし、この先、差額ベッド代が一体いくらになるかと私は余計な心配をした。母は二人部屋だと大部屋にいるよりも相手に気を遣ってしまうから嫌だと言った。かといって、この病棟には他に六人部屋しかない。六人は多すぎてやはり嫌だろうと、私も思う。

次第に母はイライラして、「あなたに払ってもらおうなんて思っていない」と怒った。「そんなことを言っているのではない」と私も腹が立って言い返してしまった。「もう今日は帰りなさい」と言われ、廊下に出ると、立ち話をしていた患者さんたちが私をチラッと見た。声が筒抜けだったのかもしれない。

【9月1日（月）】

保育園に迎えに行くと、娘は延長クラスで年長の子たちに交じっておセンベイを食べていた。こちらを見つけると、テーブルの上に残っていた三カケラを急いで拾って口に入れ、のどをつまらせそうになって、みんなに笑われていた。

四歳ぐらいの男の子が鼻の穴をふくらませながら私に話しかけてきた。

「綾ちゃんは全然しゃべれないんだよ！『リンゴ』って言えないんだ」。そして、娘に向かって「綾！『リンゴ』って言ってみな！」と命令した。

そんなことを言われてもポカンとしている娘は、年長の数人に「リンゴ！」「リンゴ！」とはやしたてられた。私はつい、「本当は『リンゴ』って言えるんだよ」とウソをついた。

【9月4日（木）】

一昨日の新聞に五歳の男の子がマンションのベランダから誤って転落死し、母親が後を追って飛び降り自殺したという記事が載っていた。母子家庭で、母親に身寄りはなかったと書いてあった。それからなぜかこの二人のことが頭から離れなくなった。

そのせいだろうか、明け方、娘が死んだ夢を見た。詳しい内容は忘れてしまったが、目覚めた時の重苦しさといったらなく、起き上がっても悲しくて悲しくてたまらない。会社では平静に席に座っていられず、トイレに入って泣いた。廊下で私を見かけた先輩女性がお茶に誘ってくれた。前の上司からは「社内で下を向いて歩くのはいけません」と注意されてしまった。

子育てと介護、順番はつけられない

【9月9日（火）】（㊉506日）

母の一回目の抗がん剤治療。投与は午前十時に始まり、四時間ほどで終わった。通常の点滴と違い、万が一、針から漏れると皮膚が壊死すると聞いたので、必要以上に緊張してしまった。水分を一日一五〇〇ミリリットル摂取するようにと言われていたので、せっせせっせと母に水を飲ませた。制吐剤が効いているのか、副作用も出ず、ほっとした。

【9月11日（木）】

母に副作用が出てきた。吐き気が止まらないという。一日目、二日目と何事もなかったので、もしかしたら起こらないのでは、などと甘いことを考えたが、そんなはずはなかった。午後四時に会社から駆けつけると、「つらいから、早く志津が来ないかなぁと思っていたの」と母が言った。

それでも、実際に吐くことはなかった。話に聞いていたほど副作用がひどくなかったのはありがたかった。

【9月19日（金）】

ノンフィクション作家の中島みちさんと電話で話をする。四年前に取材でお目にかかって以来、親切にしてもらっている。中島さんは姉を皮膚がんで、夫を肺がんで亡くした。自身も乳がんを患ったことがある。私は母のがんが見つかってからというもの、たびたび中島さんに話を聞いてもらった。電話口で泣きじゃくったこともあった。私の背後では娘も泣き出して大合唱になった。それでも話し続ける私を見かねたのか、中島さんは「他の人は言わないだろうから、私が言いますよ」と前置きし、言った。

「私もあなたと同じ、家族密着型のタイプだから気持ちはとてもよく分かりますけどね、あなたはお母様のことはお父様に任せなければいけません。今、あなたが一番に考えなければいけないことは、ご主人とお嬢ちゃまに楽しい時間を過ごさせること。お嬢ちゃまに愛情をたっぷり注ぐこと。お母様のことは二番目にしなければいけない。でないと、この病気の長丁場を乗り切れない。みんながつぶれてしまうのよ」

言っている意味がよく分かった。メモしながら、「一番」「二番」と書いた文字をグルグルと四角く囲った。半面、同感した自分が嫌だった。「『志津がいてとても心強い』ってパパが言ってたよ」と母から聞いていたばかりだったから。

中島さんに言われたことは痛いほどよく分かった。そうしなければいけないと思った。しかし、無理だ、とも思った。私がこの世で絶対に大切だと思うのは、両親と夫と娘しかない。そのうちの一人が危機に瀕している時、やはり、その一人を一番に考えるしかないではないか。夫は分かってくれると思うし、娘には夫がいるから大丈夫だと思う。

私は子どもの頃、アンデルセンの「ある母親の物語」が好きだった。ある晩、病気の子どもを看病していた母親が眠ってしまった間に死神がやって来て、子どもを連れていってしまう。母親は死神を追いかける。途中、自分の美しい髪や瞳を交換しながら追いかけ、白髪の盲人になってしまう。そして、ついに死神に追いつく。

自分が母親に愛されていることを知っていたから、私はこのお話が好きだったのだなと今思う。娘を背負って、今度は私が死神を追いかけよう。

ただ、この物語は、母親が死神から「すべては神の思し召しなのだよ」と諭され、あきらめるところで終わるのだが。


【9月22日（月）】

昨日、母は一時退院して自宅に戻った。一週間の予定。

保育園の連絡帳に「お友達を指さし、さかんに保育士に名前を確認していました」と書いてあった。物に名前があることが分かり、聞くのがうれしくてたまらないようだ。

【9月23日（火）】

母に娘を見せてあげようと実家へ連れて行った。ところが、家の中はとてつもなく暗い雰囲気が漂っていた。前日から母の髪が少しずつ抜け始めたからだった。具合も悪いようで、ソファに寝ている。娘も異変に気づいた様子で、いつもの元気が出なかった。私たちは早々に帰った。調子の悪い年寄りが二人きりでは活気がないのも致し方ないと思うけれど、どうしたものだろうか。

【9月24日（水）】

元上司が広告の仕事をくれ、新藤兼人さんにインタビューに行った。新藤さんは多忙を極めており、本来なら取材を断るところだったが、元生徒だった母を気にかけて、時間を割いて下さった。

「髪が抜けるから抗がん剤をしたくない、と言っていたんですよ」と私が言うと、新藤さんはニヤッと笑った。「お母さんはきれいごとを言うところがありますからね」。新藤さんの目は鋭く、それでいて優しい。「よく観察して、シナリオを書けばいいんですよ」

早速、母に電話で報告した。母は「そう言ってた？」と、照れたような、うれしいような口調で話していた。

【9月25日（木）】

マレーネ・ディートリッヒの一人娘、マリア・ライヴァさんにインタビューする機会を得た。息子がドキュメンタリー映画「真実のマレーネ・ディートリッヒ」を監督したので、公開に合わせ、来日したのだ。マリアさんが書いた伝記「ディートリッヒ」には母と娘の壮絶な愛憎が描かれている。私は彼女に会ってみたかった。

「どうやってお母さんの影響力と自分の人生に折り合いをつけたのか」と私は尋ねた。七十九歳のマリアさんは答えた。「有名な女の一人娘である時、選択肢は二つしかない。生き延びるか、殺されるか。私は生き延びたかった」。マリアさんは自分の女優としての才能に見切りをつけた後は母のマネージャーに徹し、晩年のショーも指揮した。

短いインタビュー時間が終わった。お礼を言って帰り支度をする私に、マリアさんは奇妙なことを言った。

「私はある論理を持っているの。ある部屋に入って、たくさんの人、お互い知らない人たちがいたとします。サバイバーというのは、サバイバー同士、ちゃんと見つけられるんです。何かが目にあるから。別に地震とか戦争のサバイバーという意味ではなくて、感情のサバイバー。あなたの目にもありますよ。あなたはサバイバーですよ」

私は思わず泣きそうになった。自分の話は何もしていなかったのに、なぜ、彼女はこんなことを言い出したのだろう？　私が切羽詰まった状況であったことを見抜いたのだろうか？　帰宅して夫に話すと、彼は「バカだなぁ。みんなにそう言ってるんだよ」と意地悪いことを言った。でも、取材に立ち会った配給会社の人も驚いていたのだ。そう言い張ると、夫は「ハハハ」と笑い飛ばした。

運動会で初めての行進

【9月30日（火）】（＋527日）

二回目の抗がん剤治療。母の髪がすっかりなくなっていた。その経緯を母が説明してくれた。

一昨日の晩、明日からまた入院だからと母は自宅の風呂場で髪を洗った。と、突然、指に髪がからまった。からまった部分が鳥の巣のようになって、指の動きが取れなくなった。あわててリンスをつけてみたが、どうにもならなかった。

仕方がないので、「鳥の巣が頭の上にくっついている状態で」そのまま寝て、翌日、帽子をかぶって病院へ行った。入院の手続きをした後、地下にある院内の美容室へ行ってみた。客もおらず、閉まっているようなので、窓の下からのぞいてみると、中で座っていた美容師さんと目が合った。一見、「阿漕《あこぎ》なおばさんに見えた」そうだが、母はドアを開け、「こんなになっちゃって……」と帽子を指した。すると、美容師さんは「入んなさい、入んなさい、やってあげるから」と言って、母を席に座らせた。母は財布を持っていなかったが、「いいから、いいから」と美容師さんは言い、病室の番号すら尋ねなかったという。美容師さんは頭上でからまっていた鳥の巣をジョキジョキと切った。ついでに裾の方も切った。あっという間に母の頭はすっかりきれいになった。

「美容師さんが優しくてうれしかった」と母は振り返った。そして、「これでさっぱりした」と言った。「ハラリ、ハラリと髪が落ちていた時は『このままでは今度は胃がんになりそう』と思ったけど」

「さっぱりした」と母が言ってくれた時のうれしさを、どう表現したらいいだろう。地獄のようだと感じる日々でも喜びはある。そのことを初めて知った。

母はこの日一日、青い柄のスカーフを頭に巻いていた。よく似合っていた。素敵に見えた。夜、ようやく点滴が抜かれ、消灯の準備をしながら、母は私に「志津が怖がると思って巻いていたけど、暑いから取ってもいい？」と聞いた。「もちろん」。私は答えた。怖いわけがなかった。可哀想ではあるけれど、想像していたほどむごいわけでもなかった。すぐに慣れてしまった。

「もうすぐパパが来るから、ショックを受けるからまたスカーフをしておこう」などと言っているうちに、父がドアを開けて入ってきた。父は「もうさんざん見たよ」と言って笑った。三人とも笑い声を立てた。悲しいはずなのに、悲しくなかった。喜びだけがあった。

家に帰ると、娘はまだ起きていた。娘は私の手を引っ張って、絵本をたくさん取ってきて、ひと通り読ませた。声色を変えて読むと、絵本を見ずに私の顔を見上げていて、目が合うとうれしそうに笑った。

【10月1日（水）】

今回の入院予定は七日間。父と夕食をとっていると、父が「仕事は大丈夫なのか？」と私に聞いた。「暇だから大丈夫」。私は冗談交じりに答えた。が、父は笑わなかった。

「仕事は自分で見つけていかないといけないよ」

その通りだと思った。

まわりの状況のせいにして、仕事をしないでいれば、仕事は私から離れていくばかりだ。そうなったって誰も困りはしない。困るのは自分なのだ。

優先順位は決まっているといっても、仕事も大切だ。書くことを探していかなければ……。

帰宅すると、娘はもう寝ていた。保育園の連絡帳を見るとこう記されていた。

「食事の時、隣に座っているお友達がまだ食べ終わらずにいると、トントンと肩をたたいて『ゴニョゴニョゴニョ〜（早く食べてね）』と励ましていました。体操の時は畳の部屋に逃げていってしまい、呼び戻されて怒っていました」

【10月２日（木）】

保育園で、延長クラスの先生から「お迎えの時間が来ても、もう震えなくなった」と聞かされた。「たくさん泣いて、震えて、感情を表に出したのが良かった。押しとどめないで、消化することが大事なんです」と先生は言った。

娘は自分の力で乗り越えたのだ。これからは絶対に不安な気持ちにはさせないよ。そう思いつつも、来春は夫が東京本社に戻る可能性が高いので、せっかく慣れた保育園を変わらなければいけなくなる。そのことを考えると、また心配になってくるけれど。

【10月４日（土）】（⊕５３１日）

娘にとっては初めての運動会の日。秋晴れだ。前日の晩から泊まりがけで来た父と一緒に張り切って出かけた。

娘は年長組のお姉さんが持つプラカードに続いて入場してきた。そして、観客席でカメラを構えて座っている私たちを見つけ、不思議そうに私たちを指さし、指さしながら行進した。みんな前を向いて整列しているのに、私たちは後ろにいたので、彼女だけ後ろを向いている。指をさして先生に私たちのことを教えている。彼女の後ろの子まで後ろを見始めた。娘は先生に注意され、むんずと顔をつかまれて向き直された。だが、また振り向いて、指さし続けていた。それでも、場内に「ガンバリマンはがんばるさ〜」と「ガンバリマンの歌」が流れると、これまで練習してきた甲斐があり、自動的に踊り出していた。

夫と出場した親子競技「かわいいインディアン」ではすっかり眠くなり、眉間にしわを寄せたまま、辛うじて立っていた。

エピローグ

娘は一歳半になった。身長は七八・六センチ、体重は九・一キロ。いつの間にこんなに大きくなったのだろうと思うほど成長した。

それに比べ、頭脳の方はあまり発達していないように思える。育児書を読むと、「早い子はそろそろ話し出す」と書いてあるが、娘は「パパ」と「ママ」を何度教えても、夫を「ママ」と呼ぶし、「この人誰？」と私を指さすと「ワンワン」と言う。「じゃあ、この人は？」と娘を指すと、「……ワンワン」。動くものはみんな「ワンワン」であり、「パパ」であり、「ママ」なのだ。

だけど、そんな娘のことを母は「この子は感受性が強くて、何でも分かっている」とべた褒めする。「あなたには分からなくても、私には分かる」と。保育園の連絡帳にも一度、「綾ちゃんは本当によく分かっています。すみれ組のお姉さんのような存在です」と書かれていたが、家での生活を見る限り、ただの甘えん坊にしか思えないのが正直なところだ。ただひとつ、えらいなあと思うのは、保育園に行くのを嫌がらない点だ。朝、夫が着替えやオムツを入れた「ママバッグ」を持つと、娘は夫の後をいそいそと付いて行く。すみれ組では唯一の延長保育を受けているが、迎えに行くと、大きなお兄ちゃんお姉ちゃんと同じように席に着いて、おとなしくオヤツを食べたりしている。毎日、嫌がらずに保育園に通ってくれていたからこそ、私も夫もまがりなりにも仕事を続けられているのだ。そのことを考えれば、娘に感謝するしかない。

娘が一歳半になった次の日に母は三回目の抗がん剤治療を終えた。全部で六回、投与することになっている。手術後に反応した腫瘍マーカーの数値は、回数を重ねるにつれて下がっている。下がっているということは、抗がん剤が効いているということを示す。

私の今の願いは、母の希望通り、娘が大人になるまで母に生きてもらいたいということだ。万が一、それがかなわなかったとしても、せめて、娘に母の記憶が残るまでは、生きていてもらいたい。そうすれば、私と母が祖母の記憶を共有できたように、母の思い出を私は娘と分かち合うことができる。母の思い出が娘の確かな記憶として受け継がれていったとしたら、こんなに幸せなことはない。

マリア・ライヴァさんへインタビューした一カ月後、記事は「ひと」欄に掲載された。それを見て、かつての上司がメールをくれた。

「本日の『ひと』読みました。組織の中では好きな仕事だけできるわけではないけれど、人の嫌がる仕事もこなしながら信頼を得て、存在感のある記者に成長していくことを期待しています」

この上司は私が尊敬している記者の一人である。お世話になったのはもうずいぶん前なのだけれど、その後もずっと私を気にかけてくれていた。「信頼」「存在感」「成長」……。それぞれの言葉を反芻しながら、いったい私はどうすれば期待に応えられるのか、液晶に並ぶ文字をしばらく、見つめていた。子を持つ一人の女性として、どう生きていくべきなのか、考えていた。

了

あとがき

毎日新聞HP「毎日インタラクティブ（当時）」のデスクから、妊娠から職場復帰までの同時進行ルポを書くよう持ちかけられたのは妊娠四カ月の後半だった。それから一年半後に復帰するまで週に一度の割合で連載した。その間、読者の皆さんからのたくさんのお便りに、ずいぶん励まされてきた。本書はその連載をもとに加筆修正した二年間の記録だ。今となれば、「何でこんなことに悩んでいるんだろう」と赤面してしまう場面も少なくないが、その時々の疑問や感想も貴重ではないかと考え、残した。

この春、娘は二歳になった。四月で夫が東京本社へ異動となったため、保育園を転園した。「ホイクエンいやなの。カー先生がいいの。カー先生あそびたい」。お別れの時、大好きなカー（カサイ）先生は「綾ちゃんはすぐ新しい保育園に慣れてこっちのことは忘れちゃいますよ」と言ったのに、娘は新しい保育園に慣れるまで実にほぼ二カ月間、毎朝、この言葉を言い続けた。

今ではすっかりおしゃべりになったが、初めて二語続けてしゃべったのは一歳半を過ぎた時だった。「ママいない」という言葉だった。夫と一緒に保育園から帰宅し、夫が部屋の電灯を点けた時に発したのだという。私は母の病院に行っていて不在だった。その夜、夫から聞いた時、娘はただ状況を言い表しただけ。深い意味なんてない、と焦りながら自分に言い聞かせたのを覚えている。

今は毎朝、「ママおうちにいてねー。お迎えにきてねー」と言いながら、握手してから夫と二人、保育園に出かけていく。一歳児クラス「りす組」のお友達とも仲良くなった。迎えに行くと、泣き顔を作って走ってくるけれど、私はその一瞬前まで彼女が楽しく遊んでいたのを知っている。

「この子は小さい時から楽しいことには終わりがあることを植え付けられているんじゃないかしら……」。母は時々こんなふうに心配する。朝起きると絵本やおままごとなど遊ぶものをひっきりなしに持ってきて、「もう保育園に行く時間だ」とこちらが言うのを何とか食い止めようとしていたり、遊んでもらっていたお客さんが帰ると知ると、いつも泣きそうな表情を見せる。

そういえば、私も子どもの頃はお客さんが来るとうれしくて、帰る時はひどくがっかりしたのを思い出す。楽しい時間にいつか終わりが来ることが心配になり、ついお客さんに「いつ帰るの？」と聞いてしまって母に怒られたりした。だから、「楽しいことには終わりが来る」ということを彼女が実感したとしても、大丈夫、強く生きていってくれると思う。

母は六回の抗がん剤治療が終わり、今は再びシナリオ学校で教えられるほど元気になった。

父の病気も小康状態にあり、出版・編集の仕事を続けている。夫は前よりも時間の融通がきかない職場に移ったので、朝、娘を保育園へ送る以外は何もできなくなってしまった。前はパパっ子だったのに、娘が「ママ、ママ」とばかり言うようになったので、落胆している。

私は娘をおんぶした拍子にぎっくり腰になったり、彼女のおたふく風邪がうつって重症になったりはしたものの、何とか過ごしている。会社では相変わらず日曜版の編集が主な仕事だが、チャンスをうかがっては記事も書くようにしている。振り返ると、子を持つまでの私は観念論ばかり言って、頭でっかちだったとつくづく思う。本当は人の営みについて何一つ、分かってなどいなかったのに何でも分かった気になっていた。これみよがしでなく黙々と子どもを慈しみ育てている多くの人々の思いを、見過ごしてきたようにも思う。

厚生労働省は〇四年六月、前年の合計特殊出生率を発表した。全国の出生率は一・二九と過去最低を更新した。全国で最も低い東京は初めて一・〇を割り込み、〇・九九八七となった。厚生労働省は「出生率低下は一時的なもの」とコメントしているが、問題は深刻だと思う。働きながら子どもを産み、育てることの大変さを知り、二人目のことなどまだとても考えられない状況にいる私にえらそうなことは言えないが、ただ一つ言えることは子どもを産んで本当によかったということだ。どんなにつらい目に遭っても産んだことを後悔したことは一度もなかった。だからこそ、私は「一・二九」や「〇・九九八七」という数字にショックを受ける。子育ての負担を心配し、ためらっている人たちがいるとすれば、それはこの国の、この社会の責任だと思う。子育てが決して負担とならないような国に社会に一日も早くなってほしいと切に願う。

先週の日曜、娘は夫に自転車に乗せてもらい、近所をサイクリングした時、「綾ちゃん、保育園好きだよ」と小さな声で話したという。そして、今日、保育園との連絡帳にはこう書かれていた。「今日は公園に散歩に出かけました。階段や坂道をすごーく楽しそうな笑顔で登ったり降りたりして楽しみました」。私もまた、今後も出現するであろう階段や坂道を笑顔で登ったり降りたりしながら楽しんでいきたいと考えている。

日記を書くよう勧めてくれた先輩ママ記者の小川節子さん、装丁・イラストを快く引き受けてくださった和田誠さん、この日記を本にしてくださった草思社の加瀬昌男さん、自由に書かせてくれた毎日新聞社に深く感謝します。

二〇〇四年初夏

井上志津

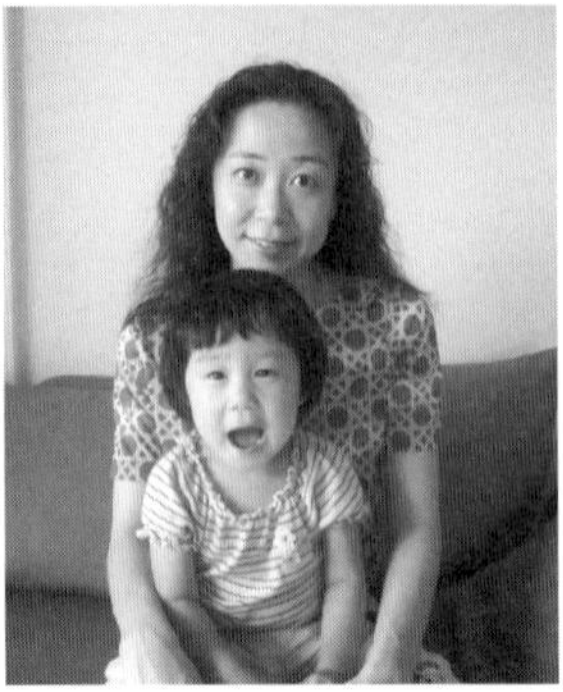

井上志津
（いのうえ・しづ）

1967年東京生まれ。国際基督教大学卒。92年毎日新聞社入社。浦和（現さいたま）支局を経て98年から東京本社学芸部勤務。放送・メディア、書評、映画、日曜版などを担当。

仕事もしたい　赤ちゃんもほしい

著者との申し合わせにより検印廃止

2004年 8 月 31 日　第 1 刷発行

著　者　井 上 志 津
装丁者　和 田　　誠
発行者　木 谷 東 男
発行所　株式会社　草 思 社
〒151-0051　東京都渋谷区千駄ケ谷2-33-8
電　話　営業 03(3470)6565　編集 03(3470)6566
振　替　00170-9-23552
印　刷　株式会社共立社印刷所
カバー　株式会社大竹美術
製　本　株式会社坂田製本
ISBN 4-7942-1338-7
Printed in Japan

草思社刊

あたりまえだけど、とても大切なこと
―子どものためのルールブック

R・クラーク
亀井よしこ訳

大人の質問には礼儀正しく答えよう、相手の目を見て話そう、勝っても自慢しない、負けても怒らない、など「全米で最も優秀な教師」による超基本ルール集。実践に役立つ本。

定価1470円

もし、赤ちゃんが日記を書いたら

D・スターン
亀井よしこ訳

著名な幼児心理学者が赤ちゃんにかわって日記を綴りわかりやすく解説。生後六週間から四歳まで、発達の段階を追って赤ちゃんの心象風景を描く。赤ちゃんの心が読み取れる本。

定価1680円

赤ちゃんには世界がどう見えるか

D&C・マウラ
吉田利子訳

赤ちゃんには何が見え、何が聞こえ、どんな味や匂いがわかるのか。赤ちゃん研究の第一人者がさまざまな実験から、胎児～一歳児の不思議な五感の世界を描いた母親必見の本。

定価1995円

サルに学ぼう、自然な子育て

岡安直比
岡安早菜　挿絵

「子育ち力」をぽんぽんと引き出す―　娘一人にゴリラ三十頭を育てた女性サル学者が、自然の理にかなったお気楽な子育ての極意を伝授する。悩む前に読みたい子育ての原点。

定価1470円

＊定価は本体価格に消費税５％を加算した金額です。